Die echte Hostess

PEA JUNG (Jahrgang 1977) lebt mit ihrem Mann und vier Kindern in der Nähe von München. Neben der Arbeit als Sozialpädagogin schreibt sie Liebesgeschichten mit Happy End, wobei der Erotikfaktor von Geschichte zu Geschichte variiert. Mit ihrem Debütroman DIE FALSCHE HOSTESS gelang der Überraschungserfolg – das Buch entwickelte sich in kurzer Zeit zum Bestseller. Seither begeisterte jedes ihrer Bücher die stetig wachsende Leserschaft. Mittlerweile ist sie eine erfolgreiche Self-Publisher-Autorin.

PEA JUNG

Die echte Hostess

FSC
www.fsc.org
MIX
Papier aus ver-
antwortungsvollen
Quellen
Paper from
responsible sources
FSC® C105338

Bibliografische Information der Deutschen Nationalbibliothek:
Die Deutsche Nationalbibliothek verzeichnet diese Publikation in der
Deutschen Nationalbibliografie. Detaillierte bibliografische Daten sind
im Internet über http://dnb.dnb.de abrufbar.

1. Auflage 2015

Covergestaltung und Satz: Jürgen Müller, LayArt
Quellennachweis der Umschlagfotos:
© istockphoto.com/dan_chippendale
© istockphoto.com/mihhailov
© istockphoto.com/Eivaisla

Lektorat: Dorothea Kenneweg

Herstellung und Verlag: BoD – Books on Demand, Norderstedt
ISBN: 978-3-7347-7668-7

Der Dildosaurus

Ich muss mir dringend einen neuen Job suchen. Inzwischen gibt mir mein lukrativer Nebenjob als Hostess in der Begleitagentur nicht mehr den Adrenalinschub, den ich früher immer verspürt habe. Natürlich kann ich mich damit finanziell wunderbar versorgen und habe Arbeitszeiten, die mir meistens freie Tage zusichern. Dennoch, immer lächeln und winken ist nicht mehr meins. Ich will mich nicht mehr länger verstellen und verkleiden müssen, möchte so sein, wie ich wirklich bin.

Da stellt sich unweigerlich die Frage: *Wer bin ich denn eigentlich?*

Beinahe dreißig, ledig, kinderlos.

Ich nehme die Zeitung und blättere bis zu den Kleinanzeigen. Ein Zupfen an meiner Jeans macht mich darauf aufmerksam, dass ich nicht alleine bin.

Die kleine Emma ist zu mir gekrabbelt und will mich wohl erinnern, dass ich heute als Babysitterin für sie und ihren Bruder Fabian eingeteilt wurde. Sie fremdelt überhaupt nicht, außerdem kennt sie mich ja auch ein bisschen.

Emma streckt mir ihre Arme mitsamt einer Rassel entgegen und ihr Mund formt ein »Ahh!«.

Sie könnte auch mein Kind sein, wenn mir Mutter Natur nicht einen Strich durch die Rechnung gemacht hätte.

Was ist nur los mit mir? Das muss eine Midlife-Crisis sein – nur etwas früh vielleicht!

Das ist mir aber schon klar geworden, als ich neulich an einem Teenie-Klamottenladen vorbeiging und mir ernsthaft überlegt habe, einen pinkfarbenen Minirock zu kaufen.

So kann das nicht weitergehen. Wo will ich hin?

Und vor allen Dingen, wie will ich wohin!

Könnt ihr mir folgen? Nicht? Macht nichts. Ich komm selbst nicht mehr mit.

Eines steht zumindest fest:

Ich will keine Hostess mehr sein, jedenfalls nicht mehr lange.

Aber was mache ich dann?

Ziellos blättere ich mich durch die Stellenanzeigen. Eine freie Stelle als Psychologin sehe ich nicht, habe aber auch gar nicht danach gesucht.

Das Psychologiestudium habe ich zwar abgeschlossen, aber letztendlich war mir immer klar, dass ich nicht die geborene Psychologin bin.

Ich bin zu direkt; und all diese Gesprächsführungstechniken wären auch ganz wunderbar, wenn ich mich daran halten könnte.

Es ist natürlich nicht besonders hilfreich, einem Suizidgefährdeten zu sagen, dass ich in seiner Lage auch keinen anderen Ausweg sehen würde. Harmlos formuliert: Ich enge die Leute in Beratungsgesprächen zu sehr ein und lasse ihnen zu wenig Spielraum.

Das ist einfach nichts für mich.

Außerdem musste ich feststellen, dass viele meiner Kollegen und Kolleginnen doch eher ruhige Typen sind, die mit ihrer angenehmen Stimme allein schon so vertrauenserweckend wirken, dass ihnen die Leute alle Probleme erzählen.

Da passe ich nicht rein. – Zu dumm, dass ich ein ganzes Studium gebraucht habe, um das zu merken.

Vielleicht hat mich meine Arbeit als Hostess auch zu sehr von dieser Erkenntnis abgelenkt. Mittlerweile haben sich nämlich viele meiner Studienfreunde häuslich niedergelassen und einige haben auch schon Kinder.

Wäre es dann bei mir nicht an der Zeit, den extravaganten Nebenjob an den Nagel zu hängen?

Emma holt mich in die Realität zurück, als sie erneut ein »Ahh!« von sich gibt.

»Du willst wohl rauf, kleine Maus?«

Mit einem gezielten Handgriff hieve ich sie auf meinen Schoß. Interessiert befühlt sie die Zeitung und beginnt, sie zu zerknüllen.

»Emma! Nicht kaputt machen. Du, du, du«, schelte ich sie milde.

Ihre Herzchenrassel liegt nun vor mir auf dem Tisch, als hätte Emma ein gültiges Tauschgeschäft gemacht. Mit einem lauten Ratsch macht sie mir klar, dass ich jeden Anspruch auf die Zeitung verwirkt habe.

Leider schiebt sich Emma den Papierfetzen auch noch sofort in den Mund.

Ich ziehe ihn schnell wieder heraus.

Weil sie sich dagegen wehrt und energisch die Beine durchstreckt, lenke ich sie mit ihrer Rassel ab.

Es funktioniert!

Konzentriert greift sie das Teil und scheppert voller Freude damit herum. Der nasse Zeitungsschnipsel liegt nun an der Stelle, an der eben noch die Rassel gelegen hat, und ich fange an zu lesen.

Poledance-Akademie.
Es sind noch Plätze frei in unseren Poledance-Kursen.
Die Ausbilder unserer Schule unterrichten den ästhetischen und kraftvollen Tanz an der Stange.
Poledance ist sehr sexy – aber niemals vulgär.
Probiere den neuen Fitnesstrend aus!

Da kribbelt etwas in mir. Die Verlockung der Herausforderung.

Das ist kein neuer Job, ermahne ich mich. Das ist wieder so eine verrückte Midlife-Crisis-Idee, die im Keim erstickt gehört.

Aber es wäre eine sexy Alternative zum Fitnessstudio.

Als ich auch noch etwas von einem Lapdance-Kurs lese, bleibt mir die Spucke weg.

Das will ich können, unbedingt! – Gut, den Kurs, wie man auf High Heels läuft, den kann ich mir wirklich sparen.

Hin- und hergerissen starre ich auf die Werbeanzeige mit dem Foto, auf dem eine Frau an einer vertikal montierten Tanzstange hängt.

Sieht eher sportlich als sexy aus.

Emma beginnt rhythmisch, mit ihrer Rassel auf die Anzeige einzuhämmern, und damit ist für mich die Entscheidung gefallen.

Entschlossen stehe ich mit Emma im Arm auf. Es ist an der Zeit, dass ich meinem Auftrag als Babysitterin gerecht werde und mich um Emma und ihren großen Bruder kümmere.

»So, Fabian, jetzt mach ich mal die Flimmerkiste aus. Wir spielen was. Sonst macht mir deine Mama so richtig Ärger.«

»Och, menno«, klagt Fabian, fügt sich aber in sein Schicksal.

Och, menno, denke ich mir und füge mich in das Schicksal, ein paar Brettspiele mit Fabian zu spielen.

Hurraaa! Hüstel.

Der weitere Nachmittag verläuft problemlos.

Okay, wenn man die Tatsache verdrängt, dass ich mit Sicherheit nicht die erste Vorsitzende im Club der Brettspielfreunde e. V. bin und niemals sein werde.

Wenigstens erscheinen Ela und Rick pünktlich, um ihre beiden Zwerge abzuholen.

Zur großen Freude von Fabian haben sie ihm ein Geschenk mitgebracht. Es handelt sich um eine Dinosaurierfigur, die er sofort mit lautem Gebrüll entgegennimmt. Ich kann nur vermuten, was das Geschrei soll.

Die Urzeit ist wieder da und wird meine Wohnung in einen Dschungel verwandeln.

Etwas beunruhigt beobachte ich, wie der Junge auf meine weiße Sitzgarnitur zusteuert, diese erklimmt und voller Freude darauf herumspringt.

»Fabian! Du weißt doch, du sollst nicht auf dem Sofa hüpfen«, höre ich die tadelnde Stimme seines Vaters.

Glücklicherweise lässt sich Fabian mit einem letzten großen Sprung auf meine Couch plumpsen.

Raffaela lächelt mich vorsichtig an und beißt sich dabei sichtlich schuldbewusst auf die Unterlippe. Als meine ehemalige Nachbarin kennt sie meine pedantische Sauberkeit und Ordnung zur Genüge.

Sie kann froh sein, dass ich ihr das mit meiner Perücke damals verziehen habe. – *Was hatte sie sich auch dabei gedacht, meine hart erarbeitete Echthaarperücke in ihre Handtasche zu stopfen!*

Das freudige Lächeln von Emma, die inzwischen glücklich auf Raffaelas Armen thront, macht meinen aufkeimenden Ärger allerdings sofort wieder wett.

Vielleicht muss ich etwas klarstellen: Ich habe nichts gegen Kinder, schon gar nicht gegen die Kinder von Ela und Rick.

Die kleine Emma mit ihren neun Monaten ist ein ausgesprochen süßer Engel und ihr großer Bruder ist, wie ein kleiner Junge eben sein soll. Wild, unberechenbar und so voller Energie, dass er kaum zu bändigen ist.

Allerdings versetzt mich die Anwesenheit von Kindern immer leicht in Stress.

Meine Wohnung ist alles andere als kindgerecht eingerichtet. Meine Wenigkeit ist alles andere als kindgerecht veranlagt. Mein Wohnzimmertisch besitzt eine gläserne Tischplatte, die ich erst einmal polieren darf, wenn die Kleinen wieder verschwunden sind.

Meine Persönlichkeit muss die Anwesenheit von Kindern in meinem wunderbaren Zuhause erst einmal verkraften. Das klingt gemein – ich weiß – aber ich werde aller Voraussicht nach niemals Kinder haben, lebe allein und muss auf niemanden Rücksicht nehmen.

Nachdem Rick und Ela nun als Eltern die Verantwortung wieder übernehmen, kann ich aufatmen.

Ela macht immer so einen entspannten Eindruck auf mich. Sie sieht erholt aus. Ihre vielen Sommersprossen leuchten und werden von einer wundervoll roten Lockenpracht eingerahmt.

Wenn sie wüsste, dass ich als zusätzliches Ego in der Agentur inzwischen auch eine rothaarige Ela-Identität angenommen habe, würde sie mir meine rote Lockenperücke um die Ohren hauen. – *Aber was sie nicht weiß, macht sie nicht heiß!*

Ihr müsst wissen, ich arbeite nicht als Doris in der Agentur, sondern habe dort eine Reihe an verschiedenen Persönlichkeiten, die ich für meine Tätigkeit annehme. Da gibt es die brünette Sophia, die blonde Michelle und seit ein paar Jahren auch die rothaarige Raffaela.

Die echte Raffaela ist glücklich mit ihrem Rick. Das sehe ich ihr an.

Und Rick? Seine Blicke auf Ela sprechen Bände.

Ich kann mir gut vorstellen, was die beiden den ganzen Nachmittag über getrieben haben, während ich auf ihre Kinder aufgepasst habe. Die Betonung liegt hierbei auf ›treiben‹, wenn ihr versteht …

Es kommt mir so vor, als ob Rick es eilig hat. Er will seine Frau und seine Kinder wohl wieder für sich ganz alleine haben.

Er sieht die ganze Zeit auf die Uhr und wirft seiner Frau diese speziellen Blicke zu, von denen er glaubt, dass ich sie nicht richtig deuten könnte. Das sind eindeutige Ich-fress-dich-gleich-mit-Haut-und-Haaren-Blicke, auf die ich manchmal ein bisschen neidisch bin. Aber Ela scheint diese nicht zu bemerken.

Wahrscheinlich fällt es ihr gar nicht mehr auf, weil er sie immer so ansieht. Ela muss sich nie verstellen oder verkleiden, um Rick zu gefallen. Er liebt sie so, wie sie ist.

Das muss ein einzigartiges Gefühl sein.

Ich sehe Ela an, dass sie die Kinder nicht einfach abholen und sofort verschwinden will. Das geht ihr gegen den Strich. Daher packt sie in aller Ruhe das mitgebrachte Kleinkindspielzeug ein.

Währenddessen erkundet Fabian mit dem neuen Dino meine Wohnung. Da er sich lautstark mit ihm beschäftigt, lasse ich ihn in Ruhe durch mein Reich tingeln.

Es ist wunderbar, wenn er so schön spielt. Dann kann ich mit seinen Eltern vielleicht noch einen Plausch halten.

Es ist schon eine Weile her, dass Rick mit Ela hier war. Meist besucht sie mich mit der kleinen Emma am Vormittag, wenn Fabian im Kindergarten ist.

»War wirklich alles in Ordnung?«, vergewissert sich Ela bei mir.

Sehe ich so gestresst aus?

»Klar! Ich hab das Kind schon geschaukelt. Die Hauptsache ist ja, dass ihr die Bagage wieder abholt. Sie werden schon nicht gleich unter meiner Aufsicht leiden!«

»So war das nicht gemeint, Doris.«

»Weiß ich doch, Ela.«

Rick sieht schon wieder mit diesem Blick zu Ela.

So kann ich das mit dem Plausch aber direkt vergessen. Wenn die beiden nicht bald verschwinden, schmeiße ich sie raus! – *Oder vielleicht sollte ich sie direkt in mein Schlafzimmer lassen?*

Ein lautes Lachen dringt aus eben diesem Zimmer.

Was zum Teufel hat Fabian in meinem Schlafzimmer zu suchen?

Ela überreicht Rick die kleine Emma und sofort verändert sich sein Gesichtsausdruck von geil auf schwer verliebt. Die zärtlichen Worte, die er seiner Tochter mit einem Kuss aufs rötliche Haar haucht, kann ich nicht verstehen, denn schon wieder höre ich dieses brüllende Lachen von Fabian. Ela scheint genauso neugierig wie ich zu sein, und macht sich gerade auf den Weg, um nachzusehen.

Rasch komme ich ihr zuvor. »Ich sehe mal nach, was Fabi so macht.«

Da steht er schon im Wohnzimmer.

Jetzt wird mir klar, was ihn so höllisch amüsiert hat.

In der einen Hand hält er seinen Dinosaurier. Nicht weiter verwunderlich. Aber in der anderen umklammert er etwas, das mir gehört.

»Oh-oh«, formuliere ich treffend.

Fabian grinst erfreut.

Dann betätigt er den Knopf an meinem türkisfarbenen Vibrator und greift damit den Dino an, der sich natürlich sofort gegen den Angriff der Bestie wehrt.

Rick wirft mir einen Blick zu, den ich bis heute

noch nicht bei ihm gesehen habe. Ich habe das Gefühl, dass sich sein Kopfkino bezüglich dessen, was er heute Abend noch mit seiner Frau vorhat, deutlich verändert. Ich erspare es mir, mich zu Ela umzudrehen und zucke gleichgültig mit den Schultern, während Rick ein schiefes Lächeln aufsetzt.

Ela legt sich mächtig ins Zeug. »Doris! Würdest du dieses Ding hier von meinem Sohn fernhalten. Fabi, gib das her, das ist kein Spielzeug.«

»Ach! Ist es das nicht?«

Erstaunt sehe ich immer noch zu Rick, der sich über seinem Kommentar selbst mehr freut, als wir anderen zusammen.

Jetzt wende ich mich Ela doch zu.

Sie hält mir meinen Ersatzfreund demonstrativ mit zwei Fingern entgegen, während Fabian enttäuscht zusieht, wie sie ihn mir übergibt.

»Das solltest du wegschließen. Kinder nehmen doch alles in den Mund.«

Das will ich mir nun wirklich nicht vorstellen.

»Das ist mein Dildosaurus ...«, erkläre ich Fabian fröhlich. »Tut mir leid, mit dem darfst du nicht spielen.« Elas klagenden Blick ignoriere ich lieber.

Hastig verräume ich alles, was nur im Entferntesten nicht in die Hände eines Kindes gehört.

Am besten schließe ich meine Schlafzimmertür ganz ab. Nicht, dass Fabian noch die Lockenperücke findet, die dem Haar seiner Mutter zum Verwechseln ähnlich sieht.

Zurück im Wohnzimmer finde ich Ela und Rick eng umschlungen auf dem Sofa.

Wie sie sich küssen!

Als wären sie mit Haut und Haar dem anderen verfallen und könnten nichts dagegen tun. Aber warum sollten sie auch? Gesucht und gefunden, kann ich da nur sagen.

Emma beobachtet ihre Eltern auf dem Teppich sitzend und klappert mit der Rassel, die sie immer wieder in den Mund steckt.

Na, Gott sei Dank ist das ihr mitgebrachtes Spielzeug, nicht mein türkisfarbenes Urzeitungetüm.

Demonstrativ stelle ich mich mit verschränkten Armen vor Ela und Rick, bis sie mich bemerken.

»Wollt ihr noch zum Abendessen bleiben?«

»Nein, wir müssen los. Aber danke für das Angebot«, räuspert sich Rick mit rauer Stimme und sieht seiner Ela tief in die Augen.

Wann wurde ich je von einem Mann so angesehen? Wenn es bereits vorgekommen wäre, könnte ich mich bestimmt daran erinnern.

Fünf Minuten später ist die ganze Familie gegangen. Nicht ohne dass ich ihnen angedroht habe, dass ich beim dritten Kind nicht mehr aufpassen werde, wenn sie ein Viertes zeugen wollen.

Ela rief noch durchs ganze Treppenhaus, dass sie lediglich in einem Wellness-Bad waren und ich selbst schuld sei, wenn mir meine Fantasie etwas anderes einreden würde.

Ja, ich gebe ihr recht.

Meine Fantasie wurde schon länger nicht mehr durch reale Erlebnisse bereichert. Vielleicht sehe ich deshalb schon Gespenster. Sex-Gespenster!

Nein, ganz ehrlich! Rick hatte schon immer diesen gierigen Blick, wenn er Ela ansah. Das hat mir mein Nachbar Manu auch bestätigt.

Jetzt habe ich aber keine Zeit mehr, über mein etwas laues Sexleben der letzten Zeit nachzudenken.

Ich bleibe mit einer leicht verdreckten weißen Couch, einer Wohnung, die irgendwie nach Kleinkind riecht und einem ganz besonderen Vorhaben zurück.

Ich werde der neue Star am Poledance-Himmel!

Okay, ich werde der Midlife-Poledance-Star.

Bauch angespannt?

*D*ieser irre Gedanke lässt mich nicht mehr los. Ich will das unbedingt können. Nicht aus erotischen Fantasien heraus – *natürlich nicht* – sondern um des Sportes wegen. – *Genau!*

Deshalb rufe ich auch in dieser Schule an, um mich für einen Schnupperkurs anzumelden. Und natürlich gleich für beides: Poledance und Lapdance!

Die Frau am Telefon ist sehr freundlich und der Preis für die Schnupperstunden human. Ich soll in bequemen Klamotten kommen, hat es geheißen. Eine kurze Sporthose sollte es sein, damit genug freie Haut zum Haften an der Stange übrig bleibt.

Vielleicht sollte ich zusätzlich noch etwas Haftcreme mitbringen? Oder sollte die Stange so stark gekühlt sein, dass ich bei Berührung wie von selbst daran kleben bleibe? – Dann könnte ich sogar mit meiner Zunge Akrobatik an der Stange machen.

Wehe dem, der da etwas Zweideutiges herausgehört hat. Das sollte dir sehr zu denken geben. Aber Scherz beiseite. Trainiert wird ohne Haftcreme und Kälte, dafür barfuß.

Neugierig mache ich mich am Abend auf den Weg zu dieser Probestunde. Damit, dass diesem ganzen Sport auch eine starke sexuelle Komponente anhaftet, habe ich am allerwenigsten ein Problem.

Ein Problem bekomme ich höchstens, wenn ich sehe, wie jung das durchschnittliche Klientel eines solchen Schnupperkurses ist.

Da ist sie wieder, meine Midlife-Crisis.

Ich weiß, dass ich immer auf meinen Körper achte und deshalb regelmäßig im Fitnessstudio zu finden bin. Leider hält auch ein permanentes Training den Körper nicht vom Altern ab. Die kleineren Schönheitsmaßnahmen täuschen da auch nicht drüber hinweg.

Ja, ich habe Falten am Hals, leicht hängende Augenlider und vereinzelte graue Haare – *in den Augenbrauen zumindest.* Da hilft es nichts, dass ich groß, schlank und drahtig bin. Neben den Mädels hier sehe ich aus wie eine Oma, die sich in der Adresse geirrt hat.

Schon gut, schon gut! Ich gehe zu hart mit mir ins Gericht.

»Sind Sie die Trainerin?«, spricht mich ein junges Mädchen an.

Na toll! Wenn ich mich schon in diesem Alter hierher traue, sollte ich wenigstens bitteschön die Trainerin der Gruppe sein. – Wäre dann meine Anwesenheit ausreichend erklärt?

»Nein, ich bin Teilnehmerin«, fahre ich etwas garstiger als nötig das junge Mädchen an.

»Oh«, entfährt es der Person, und ich werde von Kopf bis Fuß neu in Augenschein genommen.

Mit verschränkten Armen wendet sie sich schließlich von mir ab und gesellt sich zu einem Grüppchen weiterer Teilnehmerinnen.

Das Getuschel zeigt mir deutlich, dass Neuigkeiten

verbreitet werden und anschließendes Gekicher in meine Richtung gibt mir den Rest.

So alt sehe ich nun auch wieder nicht aus.

»Hallo, mein Name ist Melanie, und ich leite die heutige Schnupperstunde«, ertönt eine zarte Stimme hinter mir.

Weil der Raum verspiegelt ist wie ein Ballettstudio, bräuchte ich mich nicht umzudrehen, um sie genauer zu mustern. Der Höflichkeit wegen wende ich mich ihr dennoch zu.

Da streckt sie mir auch schon ihre Hand entgegen.

Nachdem ich mich vorgestellt habe, begrüßt sie jede der anderen Teilnehmerinnen ebenso.

Der Raum hat sieben vertikale Stangen zur Verfügung. Wie es aussieht, ist mit der Trainerin jeder Platz besetzt.

»So, da wir hier Sport machen wollen, beginnen wir mit dem gemeinsamen Aufwärmen«, verkündet die kleine Melanie und macht sich an der Stereoanlage zu schaffen.

Wir bewegen uns aktiv zu fetziger Musik; und das Ausmaß dieses Aufwärmtrainings macht mir deutlich, dass wir tatsächlich Sport treiben werden.

»In dieser ersten Stunde zeige ich euch den grundlegenden Bewegungsablauf, den ihr immer wieder brauchen werdet.« Melanie stellt sich neben eine Stange.

»Fangen wir einfach mal an. Ihr seht genau hin, und dann könnt ihr es ausprobieren. Meine Füße sind dicht neben der Stange. Schöner sieht es in High Heels aus, aber momentan reicht es uns auf Zehenspitzen. Das

Bein zur Stange ist durchgestreckt, das andere leicht angewinkelt. Ihr seht, dass ich meinen Arm an der Stange lang nach oben gestreckt habe. Die Hüfte ziehe ich von der Stange weg. Das ist wichtig, sonst knallt ihr nachher noch dagegen.«

Aufmerksam nehme ich jedes noch so kleine Detail an Melanies Haltung wahr.

Das dämliche Kichern einer anderen Teilnehmerin ignoriere ich rigoros.

Warum die hier wohl mitmachen? Den Freund überraschen? Mitreden wollen? Ist mir auch egal. Ich bin hier, um etwas zu lernen. Vielleicht kann ich es ja tatsächlich mal in meinem Job als Hostess anwenden, was zu einem beträchtlichen Trinkgeldbonus führen könnte. Momentan hab ich den Job schließlich noch.

Automatisch muss ich an Serge denken, einen Kunden, der mir besonders lieb ist, der aber leider nur selten im Land verweilt.

»Mit vollkommen gerader Körperhaltung und angespanntem Bauch laufe ich mit dem äußeren Bein los«, erklärt Melanie weiter. »Die Bewegung geht immer aufs gestreckte Bein. Vier Schritte gehe ich so um die Stange.«

Melanie stolziert auf Zehenspitzen gehend um die Stange herum und zählt die Schritte, während ihre nach oben gestreckte Hand daran mitgleitet.

»Beim vierten Schritt schwinge ich mit dem äußeren Arm und Bein aus, hole Schwung …«

Und schon schwingt Melanie sich um die Stange und kreiselt ein paar Mal herum. Dabei hat sie mit dem zweiten Arm zur Stange gegriffen. Schulter, Ellenbogen und Hand befinden sich dabei auf gleicher Höhe.

Puh! Das sieht so einfach aus, aber ich befürchte, dass dies nur so scheint.

»Okay!«, Melanie lächelt, als sie elegant wieder auf die Beine kommt. »Probiert das einfach mal aus. Achtet auf eine sanfte Landung.«

Ich konzentriere mich voll und ganz auf das metallene Ding, das nun zu meinem besten Freund werden soll.

Nicht, dass deswegen mein Dildosaurus Konkurrenz bekommen würde.

Entfernt nehme ich wahr, dass Melanie neue Musik auflegt.

Die Versuche der anderen Teilnehmerinnen blende ich völlig aus und versuche das quietschende Geräusch, wenn sie die Stange zu schnell hinabrutschen, zu überhören.

Mit geschlossenen Augen gehe ich in die Ausgangsposition, fühle das glatte Metall in meiner Hand und erinnere mich an den Bewegungsablauf.

Dann gehe ich los.

Eins, zwei, drei Schritte und beim vierten hole ich Schwung.

»Wah«, schreie ich, und als ich die Augen öffne, sehe ich gerade noch die Stange auf mich zukommen.

Unsanft knutscht mein Mund das Metall und ich sinke während des intensiven Kusses daran zu Boden. Mein Po bremst die Drehbewegung aus. Irritiert schüttle ich kurz mit dem Kopf, um zur Besinnung zurückzufinden.

Da steht ein Kerl im Trainingsraum – und der grinst.

Etwa wegen mir?

Das Kichern der anderen Teilnehmerinnen stört mich weniger als dieser amüsierte Ausdruck.

»Hallo!« Melanie geht erfreut auf den Typen zu.

»Das ist Boris«, sagt sie dann an uns gewandt. »Er unterstützt mich im Anfängerkurs gern, wenn er Zeit hat. Also lasst euch durch seine Anwesenheit nicht verunsichern.«

Zu spät! – Jetzt, wo er mich gegen die Stange knallen gesehen hat.

Boris winkt freundlich in die Runde. »Hi.«

Hastig stehe ich auf und registriere dankbar, dass er sich nicht mir zuwendet, sondern einer anderen, jüngeren Teilnehmerin.

Kurz mustere ich ihn in seiner schwarzen Trainingshose und dem engen weißen Shirt. Er ist schlank, aber dennoch trainiert. Für sein junges Alter – ich schätze ihn auf Anfang zwanzig – hat er eine merkwürdig altmodische Frisur. Das dunkelbraune Haar ist füllig frisiert und erinnert mich an die lockere Föhnfrisur eines Schlagersängers.

»Weiterüben!«, ertönt Melanies Stimme.

Wieder schließe ich die Augen und versuche, es diesmal besser hinzubekommen.

Gerade als ich tief einatme und losgehen will, spüre ich eine warme Berührung auf meinem Bauch. Überrascht reiße ich meine Augen auf und kann im Spiegel sofort die Ursache dieser Berührung erkennen.

Boris steht hinter mir, und seine flache Hand liegt auf meinem Bauch.

»Anspannen«, raunt er mir ins Ohr.

Automatisch spanne ich meinen Bauch an. Nicht, weil er es gesagt hat, sondern weil ich mich verkrampfe.

Sein Lächeln findet mich im Spiegel.

»Gut so«, ermutigt er mich.

Aber seine Hand nimmt er nicht weg. Im Gegenteil. Es kommt mir so vor, als ob er noch näher an mich rückt.

»Noch ein kleiner Tipp: Dein Gewicht muss im Schwung immer nach außen drücken. Nutz die Fliehkraft, sonst krachst du wieder gegen die Stange.«

»Okay«, antworte ich und schlucke stark.

Was ist denn hier los? Sonst lasse ich mich doch auch nicht durch die Anwesenheit eines Mannes derart beeindrucken. Hallo? Als Hostess habe ich schließlich ständig mit den verschiedensten Männern zu tun. Dieses Bürschlein hat es nicht verdient, bei mir diese Unsicherheit auszulösen.

Endlich verlässt die warme Hand meinen Bauch und ein Luftzug begleitet seinen Abzug zur nächsten Teilnehmerin.

Nein, falsch gedacht!

Er geht nur auf etwas Abstand, um meine Bemühungen zu beobachten.

Muss das sein?

Also gut. Eins, zwei, drei … und vier … Ich schwinge um die Stange und kann nur erahnen, dass es besser aussieht als zuvor. Jedenfalls knalle ich nicht an die Stange.

Vor lauter Begeisterung lasse ich zu schnell locker und lande wieder unsanft auf meinem Hinterteil.

»Wird schon«, ermutigt Boris mich.

Ein ehrlich gemeintes Lächeln über dieses Lob macht sich auf meinem Gesicht breit.

Er erwidert es kurz, wendet sich aber nun tatsächlich den anderen Teilnehmerinnen zu. Er gibt korrigierende Vorschläge und berührt jede von ihnen genauso selbstverständlich an den Körperstellen, die er beschreibt, wie er es bei mir gemacht hat.

Verbittert übe ich weiter und ärgere mich über eine Gefühlsregung in mir, die diese Berührung als so intim und besonders wahrgenommen hat.

Wahrscheinlich hat das im Kurs überhaupt nichts zu bedeuten. – Oder der Kerl ist ein Grabscher, der hier seiner Leidenschaft ohne Sanktion nachgehen kann.

Einige Zeit später sehe ich zufällig, dass sich eine andere Frau nach einem eleganten Schwung um die Stange lasziv nach hinten beugt und sich kurz an ihre Brust fasst. Dem Gekicher ihrer Freundin nach zu urteilen, sollte das ein Scherz gewesen sein.

Boris geht sofort zu ihr.

»Ganz wichtig: Poledance soll sexy sein, aber nie vulgär. Deshalb berührt ihr euch weder an der Brust noch im Schritt«, höre ich ihn murmeln.

Ohne eine Antwort abzuwarten, wendet er sich wieder von ihr ab. Sein Weg führt ihn nun wohl wieder zu mir, weshalb ich sofort in die angespannte Ausgangsposition gehe.

»Bauch angespannt?«

»Mgghm.« Ich nicke ihm zu.

Unsere Blicke treffen sich wieder nur im Spiegel.

»Na dann, lass mal sehen.«

Zielsicher vollführe ich meine erlernten Bewegungen und schwinge um die Stange.

Als ich wieder stehe, spüre ich Boris' Anwesenheit hinter mir. Sein warmer Körper verströmt eine Hitze, die ich einfach nicht ignorieren kann.

»Stell dich mal mit dem Körper zur Stange«, fordert er mich auf.

Weil ich nicht kapiere, hält er meine Hüfte und dirigiert mich so, wie es er meint.

»Bei Schritt vier, wenn du das Bein hebst …«, mit diesen Worten fährt er mit beiden Händen meinen linken Oberschenkel entlang, führt mein Bein angewinkelt zur Stange und klemmt es daran fest. Mein Knie und mein Fuß liegen nun an der Stange.

Er lässt mich los und stellt sich wieder hinter mich.

»Knie drückt in die eine Richtung, Ferse in die andere?«

»Ja«, antworte ich atemlos.

»Okay, dann zeige ich dir jetzt eine komplette kleine Choreografie und einen anderen Spin.«

Ob ich das gut finde?

»Bereit?«

»Ja!«, keuche ich und schäme mich dafür, weil ich mich von so einem dahergelaufenen Jungspund, der noch grün hinter den Ohren zu sein scheint, so aus der Fassung bringen lasse.

Herrgott! Ich war schon mit ganz anderen Kalibern unterwegs. Allerdings war ich da ja meist verkleidet. Irgendwie scheint mich das beschützt zu haben.

Boris scheint mein Unbehagen nicht zu spüren und wenn doch, lässt er es sich nicht anmerken. Schon wieder legt er seine Hände auf meine Hüfte, während er viel zu nah hinter mir steht.

»Dann machst du jetzt mit geradem Standbein einen Hüftschwung«, fordert er in völlig normalem Ton.

Hastig setze ich mein Becken in Bewegung, werde aber sofort durch den Druck seiner Hände gebremst.

»Langsam kreisen, nach vorn … ja. Das sieht doch gut aus.«

Mir wird ganz kribblig. Aber ich habe keine Zeit, darüber nachzudenken.

»Jetzt fährst du mit der rechten Hand an der Stange entlang nach unten und schaust kurz zwischen deinen Beinen nach hinten durch.«

Was? Ist das hier seine private Peepshow?

Aber ich tu es. Fragt mich nicht warum. Vielleicht, weil er endlich seine Hände von meiner Hüfte nimmt.

Er geht auf Abstand.

»Po nach oben«, sagt er, als ich mich beuge und den Arm nach unten schiebe.

Wahnsinn!

Ich tu es, und als ich zwischen meinen Beinen durchsehe, erblicke ich ihn, wie er dasteht und mir zusieht.

»Gut«, erwähnt er anerkennend, »erster Schritt geschafft.«

Erster Schritt? Das war erst der Anfang des Spins?

Ist ja irgendwie logisch. Denn bisher habe ich mehr mein Becken, als meinen Körper um die Stange kreisen lassen.

In der Zeit, die ich brauche, um mich wieder aufzurichten, ist er schon wieder bei mir.

»Lass das angewinkelte Bein noch an der Stange. Wenn du dich aufgerichtet hast, dann schwingst du es weit nach außen, zusammen mit dem äußeren Arm.«

Wieder berührt er mich und führt zuerst meinen Arm und dann mein Bein.

»Richtig reingreifen in die Stange und nach außen hängen.«

So muss sich ein Hund fühlen, der an einen Laternenmast pinkelt, nur, dass ich in die falsche Richtung pinkeln würde.

»Mit Schwung nach hinten und reinhängen.«

Er gibt mir einen kleinen Stups, fängt mich aber gleichzeitig mit seinen Armen auf, um mich in die richtige Position an der Stange zu führen.

»Kopf nach hinten fallen lassen! – Ja, das sieht doch schon alles ganz toll aus. Das versuchst du jetzt mal alleine.«

Urplötzlich lässt er mich stehen und widmet sich wieder den anderen Kursteilnehmerinnen.

Ich übe wie besessen diese Abfolge und bekomme es gar nicht mal schlecht hin. Melanie sieht zwischenzeitlich nach mir und zeigt anschaulich, wie ich mich am Ende des Spins sanft auf den Boden setzen kann.

»Dann einmal lasziv nach hinten biegen und kurz oberhalb der Brust entlangfahren, wenn du willst«, erklärt sie.

Ich übe anschließend noch einmal konzentriert den gesamten Bewegungsablauf. Boris' Klatschen nach der

Abschlussbewegung lässt mich in die Wirklichkeit zurückkehren.

»Respekt«, meint er mit leicht hochgezogenen Mundwinkeln, »ein Naturtalent, wie es scheint. Oder warst du schon einmal in einem Tanzkurs?«

Er reicht mir seine Hand, um mir beim Aufstehen behilflich zu sein.

»Nein, im Turnverein, aber das ist schon so lange her, dass es schon fast nicht mehr wahr ist.«

Mit einem Ruck zieht er mich auf die Beine und ganz nah an sich heran.

»Das ist auf jeden Fall kein Nachteil, wie man sieht. Kommst du wieder?«

»Ja«, kann ich laut und deutlich antworten.

Es macht Spaß, unglaublichen Spaß! – Klar, es ist harte Arbeit und anstrengend, aber der Spaßfaktor ist nicht zu unterschätzten.

Da lässt Boris mich los und geht auf Abstand. Freundlich verabschiedet er sich auch von den anderen Teilnehmerinnen und will von ihnen ebenfalls wissen, ob sie weitermachen werden.

Auf dem Weg in die Umkleide fragen die Mädels Boris und Melanie, ob sie mit ihnen in der Kneipe nebenan etwas trinken gehen. Melanie lehnt dankend ab, weil sie nach Hause muss, aber Boris bejaht die Einladung fröhlich.

Ich dusche hastig, während die anderen eine nicht enden wollende Duschorgie feiern. Eine fängt sogar an, sich unter der Dusche die Beine zu rasieren. Deshalb bin ich die Erste, die das Studio verlässt. Im Treppenhaus treffe ich auf Boris.

»Gehst du auch mit?«

Frisch geduscht sieht er in seiner verblichenen Jeans und der schwarzen Lederjacke ganz anders aus als vorhin beim Training.

»Nein.« Ich zucke mit den Schultern.

»Schade.«

Nachdem wir gemeinsam das Gebäude verlassen haben, nickt er mir zu, winkt kurz und geht in Richtung Kneipe.

Der Mann in Strumpfhosen

arum heißt das eigentlich Muskelkater? Ist ja auch egal, jedenfalls habe ich höllische Schmerzen.

Schon nach dem Training gestern ist mir aufgefallen, dass mein Körper erste Anzeichen von Überlastung gezeigt hat. Dieses gummiartige Gefühl in den Gliedern, wenn man sich irgendwie anders bewegt, als man es von sich kennt.

Der sexy Sport hat es in sich. – Ich muss das wissen, weil ich wirklich nicht untrainiert bin.

Ausgerechnet heute ist meine Verabredung mit Ernst.

Keine Ahnung, ob ihr Ernst kennt. Professor Ernst Meyer ist Dozent an der Uni, an der Ela ihren Abschluss in Wirtschaftswissenschaften gemacht hat. Lange Zeit wussten wir nicht, dass ich zufällig Hostess für ihren Dozenten bin und er mich nur unter dem Namen Sophia kennt, mit brünetten Haaren.

Ernst ist ein harmloser Kunde. Es geht ihm wirklich nur darum, einmal im Monat mit mir in die Oper zu gehen.

Mehr will er nicht.

Es ist auch nicht so, dass ich zu mehr verpflichtet bin, das heißt, ich habe nicht automatisch mit allen Kunden Sex. Allerdings gibt es sehr wohl Kunden, bei denen sich die Aussicht darauf lohnt. Die besten Sexerlebnisse meines Lebens habe ich tatsächlich als Hostess gehabt.

Zurück zu Ernst.

Nachdem aufgrund einiger Turbulenzen in Elas Leben, an denen ich zugegebenermaßen nicht ganz unbeteiligt war, meine richtige Identität als ihre Freundin bei Ernst bekannt wurde, haben wir uns geeinigt. Er bucht mich nicht mehr als Hostess über die Agentur, sondern wir gehen einfach einmal im Monat zusammen in die Oper. Für ihn bin ich nun Doris, wie sie leibt und lebt. Sophia ist vergessen. Leider verdiene ich dadurch nichts, aber er zahlt den Eintritt und lädt mich davor auch meist zum Essen ein.

Ernst ist wesentlich älter als ich. Wir sehen wahrscheinlich aus wie Vater und Tochter. Es ist mir aber herzlich egal, wenn irgendwelche Leute andere Dinge hinter unseren Treffen vermuten.

Nach dem gemeinsamen Abendessen in einem gemütlichen Lokal machen wir uns auf den Weg zur Oper.

»Wo steht dein Wagen?«, frage ich Ernst, weil wir uns im Lokal getroffen haben.

»Wir gehen zu Fuß, liebe Doris.«

Zu Fuß? – Also, ich bin ja echt nicht gehfaul, aber in meinen schwarzen High Heels laufe ich heute nicht kilometerweit durch die Stadt.

»Die Oper ist aber ein ganzes Stück von hier«, versuche ich vorsichtig meine Ablehnung deutlich zu machen.

»Heute steht etwas ganz anderes auf dem Programm.«

Aha!

»Das heißt, dass ich nicht bis zur Oper neben dir herstöckeln muss?«

»Nein, ich habe gemerkt, dass dir das Gesinge in der letzten Zeit etwas zu viel geworden ist. Einer meiner Studenten beteiligt sich an einer Aufführung, zu der ich dich gern mitnehmen will.«

Es ehrt mich, dass er mich ganz offiziell zu einer Aufführung mitnimmt, wo wir vielleicht von einem seiner Studenten gesehen werden. Er scheint sich bei unseren gemeinsamen Unternehmungen genauso wenig zu denken wie ich!

Zielstrebig steuert Ernst auf ein kleines Theater zu.

Die Eintrittskarten hat er parat, und wie immer hilft er mir galant aus meinem Mantel.

Vielleicht bin ich in meinem schwarzen Bleistiftrock und der leuchtend blauen Bluse overdressed, aber Ernst trägt immerhin auch einen Anzug. Nur, dass er immer in Anzügen herumläuft, während die elegante Auswahl meiner Kleidung ganz klar dem Hostessendasein und der Oper verschrieben ist. Mein kurzes, blondes Haar habe ich zu einer flachen Gelfrisur geformt.

Der Saal ist immerhin so groß, dass ungefähr vierhundert Besucher einen Platz finden dürften. Die Veranstaltung scheint eine Art Geheimtipp zu sein, da sie restlos ausverkauft ist.

Wir sitzen in der dritten Reihe genau in der Mitte. Der Blick auf die Bühne ist fantastisch, obwohl bisher nur ein schwarzer Vorhang zu sehen ist.

Aufmerksam blättert Ernst durch das Programmheftchen, nachdem er seine Lesebrille gezückt hat.

»Das Besondere ist, dass hier jedes musikalische Stück aus einem Filmsoundtrack ist.«

Neugierig nehme ich das Exemplar zur Hand, das auf meinem Sitz lag.

»Aha, ein Klavierkonzert«, murmele ich in mich hinein.

»Der junge Mann am Klavier ist einer meiner Studenten. Ein unglaubliches Talent. Ich verstehe nicht, warum er ausgerechnet Wirtschaftswissenschaften studiert.«

Da öffnet sich der Vorhang und ich sehe den glänzenden Flügel. Erstaunlicherweise steht er weit am Rand der Bühne und lässt eine große freie Fläche übrig.

Ob da noch ein ganzes Orchester dazukommt?

Als ich mich noch einmal genauer dem Programmheft widmen möchte, beginnt das Publikum zu applaudieren.

Ein junger Mann hat die Bühne betreten.

Wortlos, fast schon schüchtern, geht er zum Flügel und nimmt Platz. Er trägt Jeans und T-Shirt. Seine weißen Sneakers leuchten hell unter der Beleuchtung durch die Scheinwerfer auf. Gespannt warte ich auf die ersten Klänge, die er anspielen wird.

Professor Meyer beugt sich zu mir. »Jetzt kommt ein Stück aus ›Forrest Gump‹.«

Die Stille im Saal ist bis zur Unerträglichkeit in die Länge gezogen, als endlich die ersten Tasten angeschlagen werden. Leise und zart beginnt ein wunderbares Stück mit hohen Tönen.

Sofort bekomme ich eine Gänsehaut, die mir einen wohligen Schauer über den Körper jagt.

Das ist so was von viel besser als die Oper.

Die kleine Melodie ist so fröhlich und herzzerreißend zugleich, dass ich auf der Stelle losheulen könnte.

So kenne ich mich gar nicht.

Lediglich der Schock darüber, dass plötzlich eine tanzende Frau die Bühne betritt, lässt mich nicht hemmungslos weinen.

Wäre ich nicht selbst so ein dünnes Persönchen, würde ich diese Frau als spindeldürr bezeichnen. Ganz in Weiß gekleidet mit einem Body und einer Art durchsichtigem Tüchlein als Rock tänzelt sie umher. Sie trägt Spitzenschuhe, Stulpen und weiße Strumpfhosen. Ihr Haar ist streng aus dem Gesicht frisiert.

Anmutig und elegant bewegt sie sich zu den Klängen am Klavier. Nach und nach tauchen immer mehr Tänzerinnen auf. Fasziniert beobachte ich die unglaublich präzise Abfolge der einzelnen Bewegungen, die bestimmt monatelang einstudiert wurden.

Das Musikstück ist ziemlich abrupt zu Ende.

Ich hätte dieser tanzenden Truppe ewig zusehen können. Der Beifall ist tosend und ich steuere einen ganzen Teil dazu bei.

Mit einem begeisterten Blick zu Ernst stelle ich fest, dass er mich erfreut beobachtet.

In der Oper bin ich wohl nie so euphorisch ausgeflippt.

Der Klavierspieler bleibt an seinem Platz.

Die Frau, die das Podium als Erstes betreten hat, geht in der Mitte der Bühne in eine Art Tanzposition. Den Kopf gesenkt, die Arme nach unten hängend zu einem Oval geformt, die Füße nach außen gedreht.

Hastig werfe ich einen kurzen Blick in das Programm. Ein Stück mit französischem Titel aus dem Film ›Die fabelhafte Welt der Amelie‹ soll folgen.

Das könnte ich ja niemals aussprechen. – Vielleicht sollte ich mal bei Gelegenheit Serge, meinen französischen Kunden, fragen, wie man das richtig betont.

Schon geht es los.

Die Gänsehaut meldet sich sofort zurück, als meine Ohren die sanften Klänge des Klaviers empfangen.

Die Frau tanzt unglaublich emotional zu den Klängen. Ich bekomme den Eindruck, dass sie Leid empfindet und unendlich einsam ist. Ihre Bewegungen dringen in mein Innerstes, und seltsamerweise kann ich ihr gespieltes Leid sehr gut nachempfinden.

Da betritt ein männlicher Tänzer die Bühne.

Seine weiße Leggins passen zum Outfit der Tänzerin, wobei ich mehr von dem nackten Oberkörper gefesselt bin, der stattlich und durchtrainiert aussieht.

Für Männer in Leggins habe ich mich noch nie erwärmen können. Dennoch kann ich nicht verhindern, einen genaueren Blick auf das Paket in der Hose zu werfen. Diese Hosen zeigen eigentlich mehr, als sie verdecken, und auch der Hintern ist mehr als nur gut zu erahnen.

Der Mann tanzt erst eine Weile um die Frau herum, die völlig andere Bewegungen ausführt. Schließlich vereinen sie sich zu einem tanzenden Paar.

Ich bewundere erneut die Körperspannung, die Kontrolle, die hinter diesen beflügelt wirkenden Bewegungen steckt.

Es sieht so einfach aus, wie der Tanz an der Stange.

Ich möchte nicht wissen, wie schwer das in Wirklichkeit ist. Der Mann trägt die Frau immer wieder in verschiedenen Hebefiguren herum. Seine angespannten Muskeln zeigen, dass er angestrengt ist, aber er sieht nicht angestrengt aus.

Selbst sein Gesicht ist deutlich entspannt.

»Ach du Scheiße!«, stelle ich fest und muss laut prusten.

Ernst sieht mich erstaunt an. Auch andere Zuschauer werfen mir Blicke zu, von denen ich einige als nicht wohlgesonnen identifiziere.

Der Kerl da auf der Bühne, der Balletttänzer in Strumpfhosen, ist Boris.

Ja, Boris wie Doris! Der Typ von dem Poledance-Kurs.

Für den Rest des Musikstückes starre ich fasziniert auf Boris, wie er sich angespannt und elegant über die Bühne bewegt.

Boris in Leggins?

Die Gänsehaut weicht einem Schüttelfrost.

Es gibt zwei Dinge an Männern, die einfach nicht in mein Weltbild passen. Das sind, wie gesagt, Männer in Leggins und Männer, die einen Flechtkorb besitzen und womöglich noch mit ihm einkaufen gehen.

Beim nächsten Stückwechsel verlassen die Akteure unter lautem Beifall die Bühne. Ich versuche wieder, mich um Ernsthaftigkeit zu bemühen.

Puh! Gar nicht so einfach. Aber warum bin ich so amüsiert? – Bevor ich Boris erkannt habe, war ich sehr angetan von dem Tänzer.

Zum Glück bringt der Beginn des nächsten Stückes das angenehme Kribbeln in meinen Körper zurück.

Schon erkenne ich das Lied. Es ist aus dem Film ›Ziemlich beste Freunde‹. Mit der Melodie kehrt die Rührung zurück, die ich bei dem Film hatte.

Boris erscheint wieder auf der Bühne – allein.

Meine Augen werden groß, weil er auf den ersten Blick völlig nackt aussieht. Dabei trägt er eine hautfarbene eng anliegende kurze Hose – über die gleichfarbigen Schläppchen an seinen großen Männerfüßen will ich mal lieber kein Wort verlieren.

Es ist, als würde ein nackter Mann auf der Bühne stehen. – *Ich sehe alles!* – Jede Faser seines Körpers, jeden Muskel.

Das Höschen macht auf mich den Eindruck, als wäre eine Seidenstrumpfhose recycelt worden.

Vielleicht ist das eine Marktlücke und ich kann nach meiner Karriere als Hostess in das Wäschegeschäft für männliche Balletttänzer einsteigen.

Gebannt starre ich den Mann an, der nun über die Bühne zu schweben scheint. Er wirkt hoch konzentriert und völlig in sich gekehrt. Jede Bewegung sitzt und raubt mir den Atem.

So eine Körperbeherrschung habe ich noch nicht gesehen!

Seine Figur wirkt so natürlich und doch animalisch. Da ist keine entstellende Narbe zu sehen, kein individuelles Tattoo.

Es ist mir fast etwas peinlich, so intensiv einem halb nackten Mann beim Tanzen zuzusehen. Wie ein Voyeur genieße ich jeden Moment des Tanzes und nehme kaum wahr, dass es allen um mich herum bestimmt genauso ergeht.

Es dauert eine Weile, bis ich registriere, dass er die Bühne verlassen hat, und längst ein neues Stück begonnen hat.

War ich so in Gedanken, dass ich ihm nicht einmal applaudiert habe?

Obwohl ich gespannt auf einen weiteren Auftritt von Boris warte, tritt er die folgenden Stücke nicht mehr in Erscheinung.

Verrückterweise ertappe ich mich dabei, mir vorzustellen, wie ich tänzelnd über die Bühne gleite, während er als mein Tanzpartner seine Arme um mich schlingt und mich sanft berührt.

Diese Gedanken kann ich erst abschütteln, als alle Tänzer zum Abschluss noch einmal auf die Bühne kommen. Mit Standing Ovations werden sie sehr lange nicht mehr vom Podium gelassen.

»Ich merke, dir hat es sehr gefallen«, ruft mir Ernst unter lautem Klatschen ins Ohr.

Ich nicke begeistert und lächle ihm zu.

»Es war super – einmalig!«

Ich denke noch lange über Boris nach. Auch als ich bereits im Bett liege und eigentlich gern schlafen würde.

Wie kommt ein so junger Kerl wie Boris zum Ballett-
tanz? – Macht es ihm denn gar nichts aus, in diesen Ho-
sen herumzuspringen, ganz zu schweigen von den Turn-
schläppchen, die er getragen hat?

An den Pranger gestellt

Serge ist in der Stadt! Sagt euch nichts, der Name? Ich glaub, ich hab ihn schon einmal kurz erwähnt.

Serge de Bercq – *wie auch immer man das ausspricht* – ist einer der mächtigsten Großindustriellen Frankreichs. Und – er sieht nicht schlecht aus; und – der Sex mit ihm ist unvergesslich. So atemberaubend, dass ich eigentlich schon ganz wuschig bin, seit ich mir den Termin in meinen Kalender eingetragen habe.

Ganz nebenbei gesagt, er ist der netteste Kunde, den ich habe. Ich mag ihn, aber das müsst ihr für euch behalten, weil ich eigentlich niemals über Sympathie oder Antipathie für einen Kunden nachdenke.

Das schwör ich bei meiner Hostessenehre.

Die Tatsache, dass Serge in der Stadt ist, hat natürlich noch nicht zwingend etwas zu bedeuten. Allerdings hat er mich wieder als Begleitung für einen Gala-Abend gebucht, morgen Abend.

Meine Französischkenntnisse halten sich ja in Grenzen – *zumindest im sprachlichen Sinn* – von daher ist es gut, dass Serge deutsch kann. Er spricht das mit diesem absolut sexy Akzent. Allein deshalb war ich ihm sofort verfallen, als er mich das erste Mal ausgeführt hat. Seine überaus charmante Art und sein großzügiger Charakter haben den Rest getan.

Wäre er nicht mein Kunde, hätte ich mich glatt in ihn verlieben können. Aber Serge ist nichts für eine feste Beziehung. Das weiß ich; er hat es mir auch immer wieder gesagt.

Ich bin seine Favoritin, *mon chou*, wie er immer zu mir sagt, was aber auch deutlich macht, dass es viele Begleitungen wie mich gibt.

Außerdem gibt es da noch seine kleine ölige Vorliebe, über die ich jetzt kein Wort verlieren möchte!

Es wird etwas stressig für mich werden, weil ich ja heute Abend den ersten Teil des Lapdance-Kurses habe und morgen Abend vor dem Date mit Serge den zweiten Tag an der Stange.

Serge hat sehr genaue Vorstellungen, wie seine Begleitung auszusehen hat. Ich bin mir sicher, dass ich heute oder morgen eine Bekleidungslieferung über meine Agentur erhalten werde.

So dominant und erhaben Serge im normalen Leben auftritt, so zurückhaltend ist er im Bett.

Er liebt es, wenn ich die Führung übernehme.

Ach! Eigentlich kann ich es kaum noch erwarten.

Raffaela ruft mich am Vormittag an. »Doris! Ich habe ein Hühnchen mir dir zu rupfen.«

Das wundert mich. – Eigentlich war das doch immer umgekehrt.

»Rick lässt mich nicht mehr mit dieser Idee in Ruhe, seit unser Kleiner dein türkisfarbenes Spielzeug in der Hand hatte«, lässt sie mich glücklicherweise nicht lang zappeln.

Meine sexuelle Energie scheint sich irgendwie auch auf Ela übertragen zu haben.

»Du meinst den Vibrator?«

Ela hüstelt und räuspert sich. Sie ist vermutlich nicht allein, was mir herzlich egal sein kann. Ich komme so richtig in Fahrt.

»Und jetzt? Wollt ihr euch die Brummgurke ausleihen?«

»Brummgurke? … Doris!«

»Na ja, tut mir leid, aber mein elektrischer Freund gehört mir. Hier stößt unsere Freundschaft an die Grenzen der Belastbarkeit. Du musst wissen, ich bin sehr eifers…«

»Ich will deinen Vibrator nicht ausleihen!«, schreit Ela viel zu laut.

Im Hintergrund höre ich jemanden lachen.

Diese Lache kenne ich.

Das muss Paul sein, ein Mitarbeiter von Rick, der neuerdings sogar sein Partner ist. Ela ist also im Büro.

Ach du Scheiße!

»Richte Paul liebe Grüße von mir aus«, singe ich fröhlich.

»Warte mal kurz«, unterbricht sie.

Pauls Lachen wird leiser und an dem dumpfen Klang in Elas Stimme kann ich hören, dass sie sich in einem sehr kleinen Raum befindet.

»Bist du in der Besenkammer? Mit Paul?«

»Nein, nicht mit Paul, aber was den Raum betrifft, hast du fast recht.« Sie schnauft tief durch.

Ich muss aufpassen, dass ich ihre Geduld nicht

überstrapaziere. Sie macht ja viel mit, aber wenn das Maß voll ist, ist mit Ela nicht gut Kirschen essen.

»Also, was ist mit meinem Luststab?«

»Wie viele Wörter kennst du denn noch dafür?«

»Och, jede Menge … Brummzwickel, Popipette, Überlebenshilfe …«

»Schluss jetzt! Wegen dir hab ich mich jetzt schon vor Paul zum Affen gemacht.«

»Das war doch nicht das erste Mal.«

Ela knurrt leicht, aber sie weiß genau, dass ich von ihrem kostümierten Auftritt als blondes Busenwunder spreche. Der alleine war ja nicht weiter verwunderlich, fand aber weit außerhalb der Karnevalszeit statt.

»Doris, würdest du mit mir so ein Ding kaufen gehen?«

Jetzt hat sie es rausgelassen. – Ich habe es ihr ja nicht gerade einfach gemacht.

»Klar«, sage ich locker.

Der Einkauf könnte auch lohnend für mich sein. Vielleicht finde ich ja eine Kleinigkeit, mit der ich Serge erfreuen kann.

Mein Haus- und Hofladen für die kleinen und großen Dinge des Liebeslebens ist nicht weit von meiner Wohnung entfernt. Wir vereinbaren, dass wir uns in einer Stunde dort treffen. Danach hätte Ela dann noch genug Zeit, ihren Bengel vom Kindergarten abzuholen.

Ich will mir gar nicht vorstellen, wie sie mit einem frisch gekauften Vibrator in den Kindergarten fährt. Sie wird rot sein wie eine Tomate und auf ihrer Stirn wird in leuchtenden Lettern ›Schuldig. Ich war im Sex-Shop‹ zu lesen sein.

Bei dem Gedanken pruste ich ihr meine Verabschiedung laut lachend ins Ohr.

Als ich mich später gemütlich schlendernd besagtem Laden nähere, drückt sich eine mir bekannte rothaarige Gestalt bereits unschlüssig davor herum.

Sie ist jetzt schon rot im Gesicht, die Gute.

»Hey!«, begrüße ich sie.

»Gehen wir gleich rein?« Ihre gestresste Stimme kann sie hinter der nüchternen Tonlage nicht verbergen.

»Ela! Wir sind keine Verbrecher undercover. Ganz normale Kundschaft. Die Leute da drinnen sind alle vollkommen normal, wirst sehen.«

Hastig stürmt sie den Laden, als wolle sie durch den Gang direkt zur Fluchttür gegenüber durchstarten. Aber noch in der offenen Tür bremst sie unverhofft ab und ich renne hart auf sie auf. Leider hatte ich so viel Schwung, um ihrem Elan nachzukommen, dass wir halb in den Laden fallen – wie zwei völlig verblödete Tussis. Alle Anwesenden bemerken unser Erscheinen.

›Besser‹ hätte es für Raffaela nicht laufen können.

»Hallo Doris!«, ruft Axel – der Verkäufer – mir zu. Er steht hinter dem Kassentisch und begutachtet die neue Lieferung Pornofilme.

Raffaela zupft an ihrem Shirt, in das ich mich bei unserem unfreiwilligen Auftritt gekrallt habe.

»Na super!«, murmelt sie. »Du bist hier schon bekannt wie ein bunter Hund.«

Als mir jetzt auch noch der dämlich grinsende Blick eines männlichen Kunden bewusst wird, habe ich die Befürchtung, dass Elas abenteuerlicher Ausflug in die Welt der Sexspielzeuge vorbei sein wird, bevor er überhaupt begonnen hat.

Mit anderen Worten: ›Die unendliche Geschichte‹ werden wir hier mit Sicherheit nicht drehen.

»Ich kann doch nicht vor allen Leuten einen Vibrator kaufen«, haucht sie, indem sie sich zu mir nach hinten beugt.

»Dann kauf ich mir eben einen, und du berätst mich.«

»Ich habe Kinder und bin Mutter«, denkt sie laut.

Obwohl ich sie gerne darüber aufklären würde, dass sie sich das ›und‹ in diesem Satz hätte sparen können, lasse ich sie damit in Ruhe. Entschlossen greife ich mir stattdessen ihren Arm und bugsiere sie in die Richtung, in der ich zuletzt die entsprechenden Teile gesehen habe.

»Na und? Die Kinder sind doch der beste Beweis dafür, dass du schon einmal Sex hattest. Zu spät, um sich dafür zu schämen.«

Kurz darauf steht Ela vor dem Regal mit der astronomisch vielfältigen Auswahl an Lustspendern. Amüsiert warte ich ab, was sie dazu sagen wird.

»Kann ich nicht einfach so einen haben wie du?«

»Jetzt sieh dir doch erst einmal an, was es hier alles Schönes gibt. Wenn du ihn gemeinsam mit Rick benutzen willst, dann wäre einer mit Fernbedienung sehr anregend.«

Zielstrebig ziehe ich eines dieser besonders interessant geformten Exemplare aus dem Regal und studiere den Text auf der Packung.

»Den gibt es auch in Türkis«, stelle ich fest, was Ela ein verzweifeltes Ausschnaufen kostet.

»Du bist immer so locker. Rennst mit falschen Identitäten durch die Gegend, bist auf Du und Du mit dem Sex-Shop-Besitzer. Was lässt du dir wohl als Nächstes einfallen?«

O ja, ich bin so was von verrucht! – Ich kenne einen Sex-Shop-Besitzer. Tata! – Und jetzt mach ich auch noch Poledance.

Die Packung wandert zurück ins Regal und ich greife nach einem anderen Modell. Unbeteiligt lese ich erneut, mit welchem Werbespruch ich dazu gebracht werden soll, mich gerade für dieses Modell zu entscheiden.

Für Einsteiger und Fortgeschrittene also …

»Ich hab jetzt mit Poledance angefangen«, lenke ich Raffaela ab.

»Pool-Dance? Wassergymnastik?«

Kichernd kläre ich Ela auf, um was es sich handelt.

»Ach so«, grummelt sie schulterzuckend.

»Das sieht immer so leicht aus, wenn man dann aber selbst an der Stange hängt, dann ist das gar nicht mehr so lustig«, berichte ich lautstark.

Axel steht plötzlich neben mir und nimmt mir die Packung des Vibrators aus der Hand.

»Keine Angst, Mädels. Das ist genauso einfach, wie es aussieht.«

Irritiert bemerke ich, dass er meint, wir würden uns über den Vibrator unterhalten.

Voller Eifer öffnet Axel bereits die Packung.

»Das ist unser Vorführmodell.«

Ela macht so große Augen, dass ich meine, sie verlassen gleich ihre natürlichen Behausungen.

»Nein, das ist nicht nötig …«

»Na, na«, sagt Axel besänftigend, »wer hier was ›nötig‹ hat, ist doch offensichtlich.«

Schon hat er die Brummgurke in den Händen und reicht sie Ela, die vor lauter Überraschung auch noch danach greift. Axel bedeutet ihr, beide Hände um den Stab zu schließen und dann betätigt er die Fernbedienung. Sämtliche Einstellungen führt er vor und ich kann nur hören und sehen, wie es in Elas Händen vibriert.

Ein Wunder, dass sie noch nicht vom Boden abhebt. Sie sieht so angespannt aus.

Ihre Arme und Hände sind so verkrampft, als hielte sie ein kleines Küken, das gerettet werden muss. Oder als hätte sie ein Smartphone in den Händen und könnte sich nicht entscheiden, ob sie den Anruf nun entgegennehmen sollte oder lieber nicht.

Die Röte in ihrem Gesicht ist unbeschreiblich.

Natürlich fällt mir auf, dass Axel wie wild mit ihr flirten will.

»Und? Fühlt sich das gut an?«, fragt er frech und fixiert sie mit seinen grünen Augen.

»Äh … puh …, das kann ich jetzt so gar nicht …«

»Willst du ihn mal richtig ausprobieren?«

Während ich auflache, zeigt sich Ela ehrlich schockiert.

»Was?«, kreischt sie und als Axel herzlich loslacht, begreift sie, dass es nur ein Scherz war.

Hastig gibt sie das Küken dem Hahn, damit er es zurück ins Nest setzt. Während Ela nach Luft japst, lächle ich milde.

»Den nimmt sie«, sage ich zu Axel.

Der grinst zufrieden und entfernt sich.

»Ich hole einen Verpackten aus dem Lager und hinterlege ihn schon einmal an der Kasse. Dann könnt ihr zwei Hübschen euch noch weiter umsehen.«

Als ich Axel nachsehe, dessen Arsch mal wieder extrem knackig in der engen Jeans aussieht, bemerke ich wieder den anderen Kunden.

Der grinst immer noch so dämlich – wie dieser Asiat Masuka aus der ›Dexter-Serie‹.

Erbost schneide ich ihm eine Grimasse und wende mich genervt ab. Ich muss mich korrigieren. Es gehen nicht nur ganz normale Leute in Sex-Shops, sondern auch so ›kleine Masukas‹.

»Können wir gehen?«, piepst Ela neben mir, die ihre Stimme wohl noch nicht ganz wiedergefunden hat.

»Zahl ruhig. Ich schau mich noch um.«

Aber Ela zahlt nicht.

Während ich gemütlich durch den Laden streune, rückt sie mir hektisch Schritt für Schritt nach und macht mich damit ganz nervös.

Kaum zu glauben, dass sie ein paar Jährchen mehr auf dem Buckel hat als ich. Allerdings habe ich wahrscheinlich sexuelle Erfahrungen, die locker für uns beide reichen.

Irgendwie finde ich nichts für Serge, obwohl ich weiß, dass er im Bett seinen Sinn für Humor entdeckt. Wir haben auch schon laut gelacht, weil wir uns so verknotet hatten.

Natürlich gibt es da noch seine ölige Leidenschaft. Ja, er ölt mich und sich liebend gern ein. Aber ich kann mich hier für keines dieser Öle entscheiden. Mir kommen die Fläschchen eher klein und überteuert vor, im Gegensatz zu Serges Vorrat. Während das Erdöl das Schmiermittel der Weltwirtschaft zu sein scheint, ist das Speiseöl Serges persönliches Mittel zum Zweck. Er hat mit Sicherheit genug davon vorrätig.

»Was ist denn das?« Ela holt mich aus den ölbehafteten Erinnerungen.

»Ein Hodenpranger«, informiere ich sie sachlich.

»Hoden ... pranger?«, reagiert sie sofort.

Während sie das erste Wort eher leise gesagt hatte, hat das Zweite eine Lautstärke erreicht, die mit Entsetzen gepaart durch das ganze Geschäft zu hören ist.

»Braucht ihr mich, Ladys?«, ruft Axel von der Kasse.

»Nö, nö ... alles bestens«, reagiert Ela sofort und flüstert mir zu: »Das sieht ja äußerst schmerzhaft aus. Wer macht denn so etwas freiwillig! Das muss ja die Hölle sein!«

»Kannst ihn ja mal mitnehmen, vielleicht wäre Rick ...«

»Niemals!«, wehrt Ela sofort ab.

Ich denke, dass es selbst für Serge eine Spur zu viel wäre.

»Du bist wohl nicht die neue Mrs. Grey?«, erwähne ich, um Ela noch etwas zu ärgern.

Wegen ihrer ständig angespannten Miene kaufe ich lieber nichts. Für sie genügt es vermutlich, wenn sie das türkisfarbene Teil ersteht.

Eilig bezahlt sie und verlässt den Laden genauso rasant, wie sie ihn betreten hat. Die Ladentür liegt etwas innerhalb des Gebäudes und nur ein kurzer Gang trennt uns vom Gehweg. Ela deponiert ihre Plastiktüte mit dem erstandenen Gebrauchsgut in ihrer geräumigen Handtasche, als ich sie einhole.

»Frau Beckmann?«

Wir erstarren beide gleichzeitig.

»Herr Fischer.« Ela zeigt sich erstaunt und beeilt sich noch mehr, das Tütchen endlich in ihrer Handtasche verschwinden zu lassen. »Das ist ja eine Überraschung.«

Ela reicht dem Herrn die Hand – sein Blick wandert zur Fassade des Gebäudes. Keine Frage, er hat erkannt, dass wir aus dem Sex-Shop kommen. Ela scheint das mehr als peinlich zu sein.

Ganz vage kommt mir der Mann bekannt vor.

»Wie geht es dem Herrn Gemahl?« In seiner Stimme schwingt ein tadelnder Unterton mit.

»Gut … sehr gut … bestens … ganz wunderbar«, stottert Ela.

Endlich ist der Ratsch zu hören, mit dem sich der Reißverschluss ihrer Handtasche schließt.

Der Mann verabschiedet sich mit einer Handbewegung in Richtung seiner karierten Baskenmütze und geht weiter.

»Da gehe ich einmal in meinem Leben in so einen Laden … Einmal …«, grummelt sie vor sich hin, während sie hastig losgeht.

Wieder muss ich mich beeilen, mit ihr Schritt zu halten.

»… und dann läuft mir der Pfarrer über den Weg. Das gibt es doch nicht.«

Laut lachend wird mir klar, woher ich den Mann kenne. Von Ricks und Elas Hochzeit.

»Der sieht das nicht so eng. Schließlich hat er dich und Rick ja auch getraut, obwohl Rick schon geschieden ist.«

»Das hat er nur gemacht, weil Rick nie kirchlich verheiratet war.«

»Trotzdem. Sieh es doch mal so, Ela. Du hast nichts Verbotenes getan. Schließlich hast du keinen heimlichen Liebhaber, hier geht es um deinen Mann.«

Ich sehe ihr an, dass sie sich immer noch nicht ganz wohlfühlt, aber unsere Wege trennen sich trotzdem.

Ela macht sich auf den Weg zum Kindergarten. Ich gehe nach Hause. Bis zum Lapdance-Kurs habe ich noch jede Menge Zeit.

Zwischen den Stühlen

*E*ndlich! Lapdance-Zeit. Den ganzen Nachmittag war mir nichts Besseres eingefallen, als wie eine Irre meine Wohnung zu putzen und mich auf den bevorstehenden Kurs zu freuen.

Es ist mir nicht unangenehm, dass von den jungen Mädels vom Vortag niemand in diesem Kurs zu sein scheint. Aber Melanie ist wieder da – und Boris.

Er begrüßt mich gleich nach Melanie mit einem Handschlag. »Hey Doris. Schön, dass du da bist.«

»Ja«, sage ich.

Mehr fällt mir nicht ein? Das gibt es doch nicht!

Normalerweise bin ich nicht so auf den Mund gefallen. Da merke ich, wie ich mich innerlich ermahne.

Lass es gut sein, Doris! Der Kerl ist einige Jahre jünger als du, und außerdem heißt er Boris. Boris wie Doris.

Fällt euch da was auf? Ja, es klingt schrecklich. Wie eine besonders schlechte Parodie eines Agentenehepaars, das sich diese Namen als Decknamen ausgedacht hat.

Moment mal! Gab es da nicht sogar mal einen Film?

Allein deswegen müsste ich mir alle merkwürdigen Gedanken um diesen jungen Mann aus der letzten Gehirnwindung brennen.

Zu dumm, dass ich keine Ahnung hab, wie das geht.

»Die Ballett-Aufführung war sehr beeindruckend.«

Shit! Hab ich das eben gesagt? Scheint so.

Boris sieht mich jedenfalls so an, als hätte ich etwas

in der Art gesagt. Er legt seinen Kopf leicht schief und lächelt. »Danke. Ich hab dich gar nicht gesehen.«

»Dritte Reihe, Mitte«, erkläre ich überflüssigerweise. Er lacht.

Mir ist auch klar, warum. Die Bühne war schließlich gut ausgeleuchtet, nicht das Publikum.

Er scheint keine Probleme zu haben, mit mir über seinen Strumpfhosentango zu sprechen. Das wundert mich. Vielleicht sollte ich da mal etwas nachbohren?

»Interessante Kostümwahl, die du da getroffen hast. Ganz ohne Laufmasche durch den Abend gekommen?«

Wieder dieses befreite Auflachen. Er ist offensichtlich mit sich im Reinen.

»Ja, ich könnte mir schon vorstellen, dass dir das gefallen hat.«

Ertappt!

»Och, wegen mir hättest du die Hose nicht anhaben brauchen. Ist ja nicht so, dass sie besonders viel versteckt hätte.«

»Dann weißt du jetzt alles, was es über mich zu wissen gibt«, erklärt er schelmisch und presst lächelnd seine Lippen aufeinander.

»Okay, jeder schnappt sich einen Stuhl und stellt sich vor, dass da der Partner, Freund, Geliebter etc. sitzt …«, unterbricht Melanie unser Gespräch.

Gerade gehe ich mit meinem Stuhl in Position, da setzt sich zu meiner Überraschung Boris darauf.

»Ich darf doch? Nur zu deiner Info. Ich wechsele häufig die Stühle«, stellt er sofort mit einem lustigen Zwinkern klar.

Wusst ich's doch! – Dieser Stuhlgang ist nur eine Stuhlprobe von vielen.

»Pass auf, dass du nicht irgendwann zwischen den Stühlen sitzt.«

Es macht mir nichts aus, dass er da sitzt.

Soll er doch!

Oder hat sich mein Herzschlag eben doch beschleunigt? Sieh es als Trainingseinheit für Serge. Einen Lapdance habe ich ihm schließlich noch nie angedeihen lassen.

»Für alle, die noch nie einen Lapdance gemacht haben und anfangs etwas schüchtern sind, ist es auf jeden Fall gut, hinter dem Partner stehend zu beginnen«, erklärt Melanie.

Sie demonstriert dies mit ihrem leeren Stuhl, indem sie sich hinter der Lehne platziert. Wir ahmen sie nach. Sie zeigt uns, wie wir unsere Hände über die Schultern des dort Sitzenden langsam nach unten gleiten lassen sollen. »Lapdance ist ein sehr sinnlicher Tanz. Alle Bewegungen sollen langsam ausgeführt werden. Nehmt euch Zeit.«

Alle anderen Teilnehmer beugen sich nun extrem langsam nach unten und fahren mit den Händen über die Lehne des Stuhls.

Blöd, dass bei mir jemand sitzt.

Na gut. Augen zu und durch!

Sanft lege ich meine Hände auf Boris' Schultern, beuge mich elend langsam nach vorne und fahre dabei über seine Brust zu seinem Bauch. Bevor ich in die Intimzone steche, kehre ich lieber um.

»Hmh«, schnurrt er zufrieden, »nicht schlecht. Bekomme ich hier auch eine Massage.«

Genervt fixiere ich ihn im Spiegel und sehe kurz zu meiner Nachbarin. »Mein rechter, rechter Platz ist leer, da wünscht die sich den Boris her«, brumme ich.

»Das wäre etwas früh für einen Wechsel, zumal das Beste ja erst noch kommt«, freut sich Boris.

Glücklicherweise muss ich mich wieder auf Melanie konzentrieren, die mit ihrer Anleitung fortfährt.

»Etwas, das ihr beim Lapdance immer braucht, ist der sexy Gang um den Stuhl. Es ist also an der Zeit, die Rückseite zu verlassen. Ihr bewegt euch dabei langsam auf Zehenspitzen mit ausladenden Hüftbewegungen nach vorn.«

Melanie stolziert um den Stuhl. »Eure Hand liegt dabei auf der Schulter eures Partners.«

Na super! Alle berühren die Stuhllehne, nur ich habe eine gut trainierte Schulter unter meiner Hand.

Da sich alle bereits in Bewegung setzen, stelze ich um den Stuhl samt Boris herum und lausche auf die weiteren Erklärungen.

»Ihr stellt euch vor eurem Partner auf, dreht euch geschmeidig und gebt ihm einen Vorgeschmack auf das, was ihn erwartet.« Sie bückt sich, fährt sich dabei mit ihren Händen bis zu den Knien und richtet sich wieder auf. »Das übt ihr jetzt ein paar Mal. Denkt daran! Langsam bewegen! Alles, was ihr tun müsst, ist die Musik ausfüllen, die ihr gewählt habt.«

Wir üben diesen Ablauf ein paar Mal.

Ich bin nicht wirklich böse darüber, dass Boris nun den Platz wechselt.

Melanie zeigt uns noch einige weitere kleine Abläufe, die allerdings alle auf das Gleiche abzielen. Langsame Bewegungen, die mit Ruhe ausgeführt werden. Das präge ich mir ein, weil es das Wichtigste zu sein scheint. Alle anderen Dinge, wie Hüftkreisen etc. kann man auch sehr intuitiv einbauen.

Nach dem Duschen habe ich es eilig, denn heute ist das Treffen mit Serge. Er hat mich als Begleitung für eine Veranstaltung gebucht.

Serge wird es nicht gutheißen, wenn ich zu spät komme. Er meinte zwar, es wäre in Ordnung, wenn wir uns direkt dort treffen würden, das ist aber kein Freibrief, ihn ewig warten zu lassen.

»Gehst du heute noch mit mir auf einen Drink?« Boris ist mir im Treppenhaus auf den Fersen.

Da ich so hastig unterwegs bin, sieht es fast so aus, als würde er mich verfolgen. Ich bleibe kurz stehen und warte auf ihn. »Tut mir leid, ich habe heute noch etwas vor. Aber beim nächsten Mal klappt es bestimmt.«

Ich überlege, wie lang Serge wohl in der Stadt ist. Während dieser Zeit hat er eine Art Dauerabo auf mich mit der Agentur vereinbart. Klingt etwas sachlich, ist aber im Grunde genommen auch so.

Bei seinem großzügigen Trinkgeld könnte ich auch von einem Förderabo sprechen!

»Was grinst du so?«, holt mich Boris zurück in die Wirklichkeit.

»Ach, ich freue mich auf heute Abend. Das ist alles.«
Er glaubt wohl, zu verstehen und nickt. »Beim

nächsten Mal nagle ich dich auf deine Zusage fest.«

»Ja, kein Problem!«, sage ich und zucke ich mit den Schultern.

Boris geht wieder nach oben, was mich wundert.

Aber natürlich – wo ist seine Trainingstasche? Ist er mir wirklich extra hinterhergekommen, weil er mich einladen wollte? Scheint so.

»Bis dann«, ruft er mir vom zweiten Stock aus zu.

Es ist purer Stress. Ab in meine Wohnung und in absolutem Rekordtempo in mein Agenturenego schlüpfen. Serge kennt mich nur als rothaarigen Lockenkopf und er mag Kleider, die nicht zu lang und nicht zu kurz sind.

Wie erwartet, habe ich seine Wunschausstattung für den heutigen Abend über meine Agentur erhalten. Das braune Plisseekleid, das teilweise mit Pailletten bestickt ist, wird sich mit dem rötlichen Haar wunderbar machen. Bei der Wahl der Unterwäsche vertraut er mir. Ich entscheide mich für schwarze Spitzenunterwäsche.

Doppelte Haarpracht und andere Nebensächlichkeiten

Als ich die Halle betrete, in der an diesem Abend ein Empfang für alle hohen Tiere der Stadt stattfindet, ist bereits die Hölle los.

Ich bin doch etwas spät dran.

Serges Mitarbeiter Baptiste erwartet mich im Vorraum. »Guten Abend, Madame. Wie schön, dass Sie hier sind.«

Ich begrüße ihn höflich und freue mich, ihn zu sehen. Immer, wenn ich Baptiste treffe, ist Serge nicht weit. Das steigert meine Vorfreude auf ihn nur noch mehr.

Wie gewohnt hilft Baptiste mir aus meinem Mantel und wird auf meine Tasche aufpassen. Dann tippt er eine Kurznachricht in sein Smartphone. Es dauert nicht lang, bis ein kaum hörbares Geräusch eine eingegangene Antwort bestätigt. Baptiste liest diese und steckt das Telefon rasch in seine Hosentasche. Mit einer Geste bedeutet er mir voranzugehen. »Monsieur erwartet Sie bereits.«

Aufgeregt betrete ich den Saal, der zum Brechen voll ist, und Baptiste deutet in eine Richtung. Ich schlängle mich durch die Leute und erkenne sofort Serges angenehme Stimme. Er ist in ein Gespräch mit dem Bürgermeister und seiner Frau vertieft. Sein stark ausgeprägter französischer Akzent kitzelt angenehm in meinem ganzen Körper.

»… das Projekt hat mich von Anfang an überzeugt. Es ist sicher gut, dass bald mit dem Bau begonnen wird.«

Da ich mich ihm von hinten genähert habe, scheine ich unbeabsichtigt die Aufmerksamkeit des Bürgermeisters und seiner Frau auf mich gelenkt zu haben.

Serge versteht sofort und dreht sich zu mir um. Obwohl er erst Mitte dreißig ist, wirkt er viel reifer als andere Männer in seinem Alter. Erfreut lächelt er mir zu und hebt sofort einen Arm, um ihn um mich zu legen. Kurz küsst er mich mehrmals auf die Wangen.

»Mon chou! Ich habe dich bereits sehnsüchtig erwartet«, raunt er mir zu.

Sofort stellt er mich dem Bürgermeister vor.

»Auf so eine reizende Begleitung hat sich das Warten sicherlich gelohnt«, meint dieser.

»Auf jeden Fall! Wenn Sie uns jetzt kurz entschuldigen würden. Ich möchte meiner Begleitung etwas zu trinken holen.«

»Selbstverständlich«, sagt der Bürgermeister verbindlich.

Schon zieht Serge mich von dannen. »Du hast dir Zeit gelassen?« Leichter Ärger schwingt in seiner Stimme mit.

Seine Freude über unser Wiedersehen nehme ich dennoch deutlich wahr. »Es tut mir leid. Ich hatte noch Training und habe mich verschätzt.«

»Das wird doch nicht wieder vorkommen, mon chou? Ich freue mich aber dennoch, dich zu sehen.«

Hach, das geht runter wie Öl.

»Ja, ich freue mich auch.«

Wir lachen uns an und Serge reicht mir ein Glas vom Buffet. In seiner Gegenwart fühle ich mich stets wie ein wertvolles Gut. Das ist unbeschreiblich schön.

Der Abend ist von vielen Gesprächen mit den Gästen begleitet.

Manchmal stehle ich mich davon, weil mir das Gesprächsthema überhaupt nicht zusagt. Außerdem will ich in einer Männerrunde nicht als schmückendes Beiwerk danebenstehen.

Dennoch spüre ich immer wieder, wie Serges Blick über meinen Körper wandert. Er macht keinen Hehl aus seiner Bewunderung für mich. Wenn ich ihn ertappe, lächelt er in meine Richtung. Ich weiß, dass ich ihm nicht davonkommen werde, aber das habe ich auch gar nicht vor.

Serge ist ein äußerst sanfter und liebevoller Liebhaber. Lange hatte ich nicht die Aussicht auf eine Nacht wie diese.

Moment mal! Sehe ich da rotes Haar in der Menge der Gäste? Habe ich etwa meine Perücke verloren und jemand anderes hat sie sich aufgesetzt?

Ein kurzer Kontrollgriff bestätigt, meine künstlichen Haare sind noch da, wo sie hingehören. Jetzt erkenne ich die Person.

Ach, du hochkantiges Fettnäpfchen! Das kann doch nicht wahr sein!

Wisst ihr, ich habe Ela nie erzählt, dass ich ihr Ego in der Agentur nutze. Zu allem Überfluss nenne ich mich auch noch Raffaela. Wenn sie mich hier sieht, mit ihren Haaren und ihrem Namen. Das will ich mir gar nicht vorstellen. Es wird so was von Zeit, hier den gekonnten Abflug hinzulegen.

Meine Beine gehen automatisch in die Knie, damit ich nicht so groß bin.

Verflixt! Die High Heels machen das nicht gerade einfach. Wo ist Serge?

Ich schleiche in gekrümmter Haltung durch verschiedene Ansammlungen von Menschen und versuche so, möglichst unauffällig, dem Ausgang näher zu kommen. Zwischendurch husche ich die Strecken, die weniger bevölkert sind. In der nächsten sicheren Traube aus Personen strecke ich mich immer wieder kurz durch und erkunde die Umgebung. Die Taktik funktioniert einwandfrei. Die rote Lockenpracht meiner Doppelgängerin scheint verschwunden zu sein. Nach einem erneuten Rundblick in lang gestreckter Haltung, gehe ich wieder auf Tauchstation, drehe mich um und renne beinahe gegen den großen Mann, der hinter mir steht. Mit einem Ruck richte ich mich zu voller Größe auf und lächle verlegen in das Gesicht von Serge, der den Kopf leicht schief gelegt hat. Seine Augen sind zu Schlitzen verengt und um seinen Mundwinkel zuckt es merkwürdig. Diese Miene versetzt mich in Alarmbereitschaft.

Hat er mich etwa schon länger beobachtet? Wie das wohl ausgesehen hat?

»Mon chou. Ist das eine neue Art Tanz, die du da ausprobierst?«

So ein Mist! Er hat mich tatsächlich beobachtet.

Ähm … nein … das ist Hockjoggen …«, fällt mir

spontan ein, weil ich das kürzlich in einem Film gesehen habe.

Da hat die Ausrede perfekt funktioniert, auch, wenn die hockjoggenden Männer dort Plastiktüten mit Sprengstoff transportiert haben.

Ela ist sicher auch hochexplosiv, wenn sie mich so sieht.

»Hock … joggen?«, fragt Serge höflich nach.

Er scheint die Wörter zu übersetzen. An seinem Tonfall kann ich mir ausrechnen, dass er mir nicht glaubt und kurz davor ist, mich für verrückt zu erklären.

»Ja, das ist eine ganz neue Art von Partysport und gelenkschonend für die Füße in den High Heels. Ist das bei euch in Frankreich noch nicht angekommen?«

Natürlich merke ich, wie ich bei meiner fadenscheinigen Erklärung wild gestikuliere. Serge sieht mir offenbar an, dass ich lüge wie gedruckt.

Bin ich eigentlich noch zu retten? Verflixt und zugenäht! Es gibt kein Zurück mehr, Doris. Augen zu und durch!

»Ja also das Hockjoggen ist …«

»Schon gut, mon chou. Ich möchte dir gern jemanden vorstellen«, tönt Serge laut und sein Blick hinter mich zeigt mir, dass die Person dort steht.

In dem Moment, in dem ich mich umdrehe, steht Richard Beckmann vor mir. Ihr wisst schon. *Der* Richard Beckmann, der ›Richard Beckmann Group‹. Rick ist Elas Mann. Sein Lächeln ist schief verzogen.

Er hat mich erkannt, ohne Zweifel. Und er hat meinen Vortrag über die Effizienz des Party-Hockjoggens mitbekommen.

Verbissen grinsend reiche ich ihm meine Hand.

»Das ist Raffaela – eine enge Freundin von mir. Mon chou, das ist Richard Beckmann«, sagt Serge.

»Sehr erfreut«, betone ich locker, aber Ricks Händedruck fällt härter aus als gewöhnlich. Er lässt mich auch nicht mehr los.

Und warum nur, muss er mich so ernst ansehen?

Er müsste mir eigentlich dankbar sein. Nur wegen mir hat er schließlich seine sexuellen Fantasien auf einen türkisfarbenen Vibrator ausgeweitet, und wer weiß, was für Spielchen er und Ela damit … Kopfkinopause!

»Kennen Sie meine Begleitung bereits?«, hakt Serge sofort nach und legt mir von hinten einen Arm auf die Schulter.

Rick lässt mich nicht aus den Augen, ruft aber über seine Schulter: »Ela, Liebes? Schau mal, wer hier ist! Die Europameisterin im Hockjoggen.«

Oh. Mein. Gott.

Raffaela nähert sich, und als sie mich erspäht, verlangsamt sie ihren Schritt. An ihren großen Augen sehe ich klar und deutlich, dass sie vom Glauben abfällt. Rick, der meine Hand immer noch wie mit einer Kneifzange einklemmt, hat sich schon wieder relativ gut im Griff.

Er sollte mal lieber lieb zu mir sein. – Dank mir kann er sich zum Europameister des Brummgurkenverwöhnens krönen lassen.

Leider hat er diese Verbindung für sich noch nicht auf die Reihe bekommen.

»Kaum zu glauben. Sie heißt auch Raffaela«, knurrt er seiner Frau zu.

»Das gibt es doch nicht …«, schimpft Ela wütend.

Flehend werfe ich ihr einen Blick zu und schiele auf Serge neben mir, der uns beide abwechselnd mustert.

»So ein Zufall«, stellt er fest und sucht in meinem Gesicht nach einer Antwort für diesen Zufall.

»Ja«, knurrt die echte Raffaela, »da ist so viel Zufall, dass ich es fast schon nicht mehr glauben kann.«

Ihr eisiger Gesichtsausdruck lässt mich befürchten, dass aus dem Zufall bald ein Kriminalfall werden könnte.

»Richtig! Zwei so wunderschöne rothaarige Damen hier auf einer Veranstaltung zu treffen …«, erklärt Serge charmant, »… und beide tragen den gleichen außergewöhnlichen Namen. Das ist ein wahres Wunder.«

Ja, das ist die wundersame Welt der Doris.

Serge lacht auf und biegt sich sogar ein Stück nach hinten durch. Derweil nutze ich die Gelegenheit, meine Hand aus Ricks zu reißen und mich aus Serges Umarmung zu schälen. Rick stimmt in Serges Lachen ein, aber es scheint kein echtes Lachen zu sein.

»Kommen Sie, Serge. Ich möchte Ihnen noch meinen Geschäftspartner vorstellen.« Rick legt einen Arm leicht auf Serges Rücken und deutet auf Paul, der glücklicherweise sehr weit weg steht.

Warum nur ist mir nicht früher aufgefallen, dass hier die gesamte Richard Beckmann Group aufgelaufen ist?

Mein Sichtfeld auf Paul wird leider plötzlich von einer garstig dreinblickenden Rothaarigen verbaut. »Komm! Wir gehen uns mal die Nase pudern.«

Irgendwie habe ich den Eindruck, dass hier eher etwas poliert werden soll.

Trotzdem lasse ich mich, ohne eine Widerrede zu formulieren, von Ela auf die Damentoilette drängen.

Sie wird sofort laut, als wir die Tür hinter uns geschlossen haben. »Sag mal, Doris! Tickt's bei dir eigentlich noch richtig?«

»Ela …«, versuch ich sie zu beschwichtigen, aber ich verstehe auch, was jetzt alles aus ihr raus muss.

»Du nimmst mich als Hostessen-Ego? Also, ich wusste ja, dass du kreativ bist, was deine Verkleidungen angeht, aber das geht dann doch zu weit.«

»Ja, da bin ich wohl einfach etwas übers Ziel hinausgeschossen. Tut mir echt leid.«

»Das war eben so etwas von peinlich! Und was sollte Ricks Bemerkung mit der Europameisterin im Joggen?«

»Der Serge hat doch überhaupt nichts gemerkt. Darf ich dir erklären, wie es dazu kam? Es ist ja nicht so, dass du noch nie etwas völlig Hirnrissiges in deinem Leben getan hättest.«

»Nein, aber meist warst du daran irgendwie beteiligt.«

Das hat gesessen! Aber wenigstens scheint sie sich langsam zu beruhigen.

Ich kann endlich meine fadenscheinige Ausrede loslassen. »Ich hab gemerkt, dass Sophia und Michelle nicht mehr so interessant für mich waren. Ich wollte mich neu erfinden, und da ich noch keine rothaarige Identität im Angebot hatte, dachte ich, ich decke diese Sparte noch mit ab.«

»Das fasse ich einfach nicht! Doris, ich dachte immer, du wärst meine Freundin! Sorry, aber das muss ich jetzt erst einmal verdauen.« Sie eilt an mir vorbei und verlässt die Toilette.

»Vergiss nicht, ohne mich hättest du deinen Rick niemals kennengelernt«, brumme ich ihr kraftlos nach.

Vielleicht wiegt das zu meinen Gunsten, obwohl sie ihn trotzdem kennengelernt hätte. Schließlich hat sie ihn nach einer Nacht im Hotel in einer Vorlesung wiedergetroffen.

Eine Weile drücke ich mich noch auf der Toilette herum, gehe aber schließlich zurück auf die Party.

Serge schien meine Ankunft erwartet zu haben. »Mon chou, du bist blass. Möchtest du, dass wir gehen?«

Peinlich berührt nicke ich und lasse mich von Serge zu einem Taxi geleiten. Von Baptiste fehlt jede Spur. Wahrscheinlich hatte er nur noch auf meine Ankunft warten sollen und sich dann in den Feierabend verabschiedet.

Während der Fahrt bin ich ungewohnt schweigsam, und mir ist klar, dass ich meinen Kodex breche. Ich erinnere mich noch lebhaft, wie ich Ela vor Jahren meine Verhaltensregeln eingebläut habe. Der Klang meiner eigenen Stimme hallt durch meine Gedanken.

Denk dran: Dieser Mann zahlt ein Vermögen für deine Anwesenheit. Es gibt nur ihn für dich, egal, wie alt, hässlich oder langweilig er auch sein mag. Gib ihm das Gefühl, dass er der einzige Mensch im Raum ist.

Ich bin nicht fair zu Serge. Er ist nämlich nicht einmal alt, hässlich oder langweilig. Mir entfährt ein tiefer Seufzer, und ich wende meine Aufmerksamkeit Serge zu, der mich wohl die ganze Zeit über aufmerksam beobachtet hat. Schnell zwinge ich mir ein Lächeln ab und bewege meine Hand in seine Richtung, die er sofort in seine nimmt.

»Ist sie sehr ärgerlich auf dich?«, fragt er.

Wie konnte ich nur so dumm sein? Serge hat mich längst durchschaut.

Dennoch reiße ich vor Erstaunen meine Augen auf, was seine Lachfältchen um seine Augen tiefer werden lässt.

»Mon chou. Mir ist schon lang bewusst, dass du mir nie deinen richtigen Namen gesagt hast. Und die Perücke ist zwar sehr hochwertig, aber es ist und bleibt eine Perücke.«

Um seine Erkenntnis abzumildern, drückt er mir fest die Hand und führt sie zu seinem Mund. Der versöhnliche Kuss auf meinen Handrücken gibt mir zu verstehen, dass er deswegen keinen Gram gegen mich hegt.

Gedankenverloren starre ich zum Fahrer nach vorn und denke über seine Frage nach.

»Ja, ich fürchte, sie ist sehr ärgerlich«, kann ich mit Bestimmtheit prognostizieren, »aber das wird sich schon wieder einrenken.«

»Wirst du ihn mir nun sagen … deinen echten Namen?«

Wie oft habe ich mir geschworen, dass ich niemals in einem Job meinen richtigen Namen preisgeben werde. Wie oft wurde ich auch schon danach gefragt?

Als ob es die Treffen persönlicher gestalten würde, wenn dem so wäre. Reine Einbildung.

68

Aber hier handelt es sich um Serge. Er war einer der Ersten, der die falsche Raffaela gebucht hat. Ich kenne ihn seit Jahren. Er scheint, außer seiner kleinen Schwäche für Speiseöl, keine verkorksten Persönlichkeitszüge zu haben, und soweit ich es beurteilen kann, war er immer ehrlich mit mir.

Oh Gott! Und ich habe ihn heute auch noch mit dieser peinlichen Jogging-Ausrede bedacht.

»Doris«, hauche ich, weil ich außerdem kein Öl ins Feuer gießen möchte.

»Das ist ein ganz himmlischer Name. Danke, mon chou«, reagiert Serge sofort. »Willst du überhaupt noch mit zu mir? Es wäre nicht weiter verwunderlich, wenn du jetzt lieber deine Ruhe wolltest.«

Wahnsinn! Muss er auch noch so rücksichtsvoll sein? Er könnte sich beschweren, hätte jedes Recht dazu, weil ich ihm den Abend nicht gerade angenehm gestaltet habe.

»Nein, ich möchte wirklich sehr gern noch mit zu dir.«

Oh, oh. Da ist ein kleines Bauchkribbeln im Anmarsch, was sicherlich auch daran liegt, dass er wieder meine Hand an seinen Mund führt und mich voller ›öliger‹ Versprechungen im Blick glücklich ansieht.

Im Hotel nimmt Serge mich an der Hand und zieht mich in den Aufzug. Seine warme Haut fühlt sich leicht rau, aber unglaublich gut an.

Vor seinem Zimmer zieht er meine Hand schon wieder an seinen Mund und küsst diese kurz, bevor er mich freigibt. Er fischt nach der Schlüsselkarte in seinen Taschen. Nachdem er diese durch das Schloss gezogen hat, öffnet er die Tür und bedeutet mir mit einer Handbewegung, dass ich vorgehen soll. Diese ganze Prozedur erfolgt ohne ein einziges Wort.

Ich spüre deutlich die leichte Nervosität, die mich immer noch einholt, wenn ein Termin sich in diese Richtung entwickelt. Begleitet von einem wohligen Bauchkribbeln entsteht eine Gänsehaut, die meinen Körper wie ein unsichtbares Netz zu überziehen scheint. Das ist der Kick, den ich so liebe. Obwohl ich schon mehrmals mit Serge geschlafen habe, ist er immer noch da.

Langsam gehe ich in sein Reich und höre, dass die Zimmertür hinter mir geschlossen wird.

Stoff reibt aufeinander. Wahrscheinlich entledigt er sich bereits seines Anzugjacketts. Der pochende Herzschlag in meiner Brust bestätigt meine rasende Nervosität. Oder ist es die Vorfreude?

Er geht an mir vorbei und fordert meine Aufmerksamkeit ein. Serge umfasst mein Gesicht, einen Moment sieht er mir tief in die Augen, dann senkt er seine Lippen auf meine, langsam und zärtlich. Es ist beinahe ein freundschaftlicher Kuss, so kurz ist er.

»Du bist so wunderschön, mon chou.«

Jetzt küsst er mich erneut, länger und leidenschaftlicher. Während unsere Zungen immer wilder miteinander tänzeln, spüre ich Serges Hände überall auf meinem Körper.

Urplötzlich habe ich den Drang, ihn von mir zu stoßen. Das hatte ich noch nie. Leider führt dieses Gefühl zu der entsprechenden Handlung. Grob schiebe ich

Serge von mir, was mir in nächsten Moment schon wieder leidtut.

Verstört sieht er mich an. »Ist alles in Ordnung?«

»Nein … Ja … entschuldige Serge … Ich hab gerade an etwas anderes gedacht.«

Das ist die Wahrheit.

Ich werde ihm allerdings nicht sagen, dass ich gerade an Boris' Hände auf meinem Körper denken musste.

Warum schleicht sich dieser Boris gerade jetzt ins Zimmer? Selbst wenn er nicht körperlich anwesend ist, scheint es dem Laufmaschentänzer zu gelingen, mir den Abend mit Serge zu versauen.

Serge schaut immer noch sehr beunruhigt drein.

Da kommt mir die hoffentlich rettende Idee.

»Ich …, mir ist gerade etwas eingefallen. Ich wollte dich überraschen …«, mein Blick fällt auf das wunderschöne Himmelbett, »… mit einer kleinen Vorführung. Ja, genau.«

Er folgt meinem Blick auf die bis fast an die Decke reichenden Pfosten des Bettes. Dann geht er rückwärts und lässt sich in einen bequemen Stuhl fallen.

»Da hast du mich jetzt aber neugierig gemacht, mon chou.«

O ja. Ich hab mich selbst neugierig gemacht. – Aber man wächst ja an seinen Aufgaben, nicht wahr?

»Hast du hier eine Musikanlage?«

Serge nickt und deutet schweigend in eine Ecke des Zimmers.

Mit dem festen Entschluss, dieses unverzeihliche Wegstoßen wiedergutzumachen, ziehe ich mir mein

Kleid auf dem Weg zur Stereoanlage hastig über den Kopf. Nur mit schwarzem Spitzenhöschen und dazu passendem BH stolziere ich in meinen High Heels die letzten Meter und betätige den Knopf der Anlage.

Was für ein Glück!

Meinen ersten Auftritt werde ich dann wohl mit Beyoncé haben. Der Titel passt auch: alleinstehende Frauen. Das Video habe ich schon oft gesehen. Deshalb kann ich mich sofort relativ zielsicher so ähnlich wie Beyoncé durch den Raum bewegen.

Mit etwas viel Elan bewege ich mich auf den kleinen Läufer zu, der meinen Weg kreuzt.

Ach du Schreck!

Da schlittere ich schon ein Stück über den blank polierten Boden mitsamt Teppich. Ich gestikuliere wild mit den Armen und kann Serge ansehen, dass er kurz davor ist, aufzuspringen, um mir zur Hilfe zu eilen. Aber da stehe ich schon wieder sicher. Von dem kleinen Malheur lasse ich mich nicht beirren.

Serges Augenbrauen sind interessiert in die Höhe gezogen. Obwohl er betont lässig dasitzt, habe ich das Gefühl, dass er mit einem weiteren Unfall rechnet.

»Oh, oh, oh, woh, oh, oh«, singt auch Beyoncé, als hätte sie gesehen, was mir passiert ist.

Unbeirrt schreite ich mit wippender Hüfte auf Serge zu. Irgendwie passiert das alles schneller als im Kurs gelernt und ich habe Mühe, den sexy Gang bei dem Musiktempo beizubehalten.

Ich will hinter Serge mit dem Lapdance beginnen. Leider steht sein Stuhl sehr nah an der Wand und ich muss mich dazwischenquetschen. Das reibende Geräusch meiner Unterwäsche hinter mir an der Tapete lässt mich befürchten, dass ich mir soeben mein Höschen ruiniere.

Was würde ich jetzt für eine Ladung von Serges Öl gegeben.

»Alles in Ordnung?« Serge will sich zu mir umdrehen.

Ich drücke ihn zurück in die Ausgangsposition. Mein Po klebt an der Wand und ich habe kaum Handlungsspielraum.

Das wird nichts.

Mit ruckartigen Bewegungen drücke ich mich wieder hinter Serge hervor und nehme auf dem Stuhl Platz, der ihm am nächsten steht. Nicht ohne dabei die Musik mit schnellen Bewegungen auszufüllen – so wie Melanie es gesagt hat.

Wie verrückt führe ich alle Bewegungen aus, die ich aus dem Lapdance-Kurs in Erinnerung habe. Nur dumm, dass das Lied etwas zu flott für diese Art von Tanz ist. Wegen der hektischen Ausführungen komme ich schnell ins Schwitzen.

Serges Augen werden immer größer. Ich glaube, dass ich hier gerade gehörig über das Ziel einer solchen Vorführung hinausschieße. Es muss so aussehen, als ob ich im Sitzen versuche Charleston zu tanzen. Versucht das mal, dann wisst ihr, dass es ein Ding der Unmöglichkeit ist. Deshalb lasse ich das mit dem Gegenübersitzend-wild-Bewegen und stehe auf.

Hüftkreisend tänzele ich auf Serge zu und stelle mit

einer schnellen Bewegung meinen Fuß zwischen seinen Beinen ab.

Täusche ich mich oder zuckt er ängstlich zusammen? Kann sein, dass es etwas knapp für sein Gemächt war.

Ich versuche, mich von dem hektischen Song abzulenken und meine Tanzakrobatik zu verlangsamen. Es scheint zu wirken. Seine Augenlider senken sich und sein Blick huscht mehrmals über mein nacktes Bein.

Das quietschende Geräusch in dem Lied geht mir langsam auf die Nerven. Die im Nachbarzimmer denken wahrscheinlich, dass es sich um die Matratze des Bettes handelt.

Weil Serge seine Hände bewegt, hebe ich sofort den Zeigefinger und drohe spielerisch. »Ah, ah.«

Er versteht und lässt die Hände sinken.

Trotz oder gerade wegen des Trainings in letzter Zeit spüre ich bereits den dünnen Schweißfilm auf meiner Stirn. Es wird Zeit für das fantastische, absolut unvergessliche Finale der Show.

Rhythmisch schreitend tapse ich in Richtung des Bettes mit den einladenden hölzernen Pfosten.

Jetzt oder nie!

Schnell greife ich mit einer Hand an die Stange.

Ich werde jetzt einen gekonnten Spin hinlegen, der Serge dermaßen den Atem rauben wird. Eins, zwei, drei und …

Ein lautes Krachen von splitterndem Holz erreicht meine Ohren. Bevor ich begreife, was ich angerichtet habe, liege ich mitsamt dem Pfosten in der Hand vor dem Bett. Da bekommt die Redewendung ›immer schön die Stange halten‹ eine ganz neue Bedeutung.

Im ersten Moment bekomme ich keine Luft, so hart bin ich mit dem Rücken auf dem Boden aufgeschlagen. Die Gewalt, mit der die Luft versucht, in meine zusammengepressten Lungenflügel einzudringen schmerzt, und es macht mir Angst. Keuchend winde ich mich.

Da geht Serge neben mir in die Hocke. »Mon chou! Was tust du denn?«

Behutsam hilft er mir, mich aufzusetzen, indem er einen Arm um mich legt und meine freie Hand zu sich zieht.

Als ich langsam wieder zu Atem komme, hat sich Beyoncé ausgeplärrt und mein Versuch, Serge zu betören, ist gänzlich fehlgeschlagen.

Von allen Liedern dieser Welt musste ausgerechnet dieses laufen.

Während der Radiosprecher spricht, erkundigt sich Serge, ob mit mir alles wieder gut ist. Als ich dies kräftig atmend bestätige, fällt sein Blick auf den Pfosten, den ich dummerweise immer noch in der Hand halte. Das kleine humorvolle Züngeln um seinen Mund bricht schließlich aus und er lacht aus vollem Halse. Automatisch stimme ich ein und lasse zu, dass er mir den ›Prügel‹ wegnimmt und zur Seite legt.

In diesem Moment fängt der nächste Song im Radio an. Rihanna ist an der Reihe, und im Gegensatz zu ihrer Vorgängerin schlägt sie sehr sanfte Töne an.

War ja klar! Jetzt, wo alles zu spät ist.

In der Piano-Version eines bekannten Liedes singt sie davon, dass sie die Art, wie jemand lügt, liebt.

Unser beider Lachen verebbt nach und nach. Immer noch sitzend muss ich Serge anstarren. Seine Augen sind nach wie vor von seinen Lachfältchen betont, aber er mustert mich so eindringlich, dass ich mich von ihm betäubt fühle. Er hält immer noch meine linke Hand.

Von einem Moment auf den anderen stürzt er sich auf mich und unsere Münder finden sich zu einem nicht enden wollenden Kuss. Er drückt mich zurück in eine liegende Position und schon ist er über mir.

So wild und stürmisch kenne ich ihn gar nicht.

Allerdings kann ich nicht behaupten, dass es mir nicht gefallen würde.

Von der Leidenschaft angesteckt, zerre ich das Hemd aus seiner Hose. Seine Hände scheinen überall auf meinem Körper zu sein. Zwischen den Küssen murmelt er immer wieder französisch auf mich ein. Dass ich kein Wort verstehen kann, macht nichts. Es klingt unbeschreiblich anregend. Behutsam entkleidet er mich mit hauchzarten Berührungen. Er hat wirklich ein Faible für Spitzenunterwäsche. Die Art, wie er die Wäschestücke vorsichtig neben mir ablegt, macht mir das wieder deutlich. Völlig ausgezogen hilft er mir schließlich auf das Bett.

Ich gebe zu, dass mein Rücken schmerzt. Kurz entgleitet mir mein Gesichtsausdruck, was er – als aufmerksamer Liebhaber – sofort bemerkt.

»Mon chou. Du musst es mir sagen, wenn du dich verletzt hast.«

»Geht schon«, keuche ich und winde mich rückwärts nach oben zum Kopfteil des Bettes.

Er schlüpft aus seinen Schuhen.

Während er sich mir nähert, hat er einen Gesichtsausdruck, den ich noch nie an ihm gesehen habe. Er war immer der abwartende, eher passive Teil unseres Beisammenseins. Jedenfalls so lange, bis er sein Öl ausgepackt hatte. Wie es aussieht, kommt das heute nicht zum Einsatz.

Wer weiß? Vielleicht hat er heute Mittag eine große Portion Spaghetti aglio e olio gegessen und dafür den ganzen Vorrat verbraucht.

Jetzt hat Serge ein animalisches Blitzen in den Augen, das mir eher weniger Zurückhaltung verspricht. Er greift mit beiden Händen nach einer meiner Fesseln und zieht meinen Fuß an seinen Mund. Hingebungsvoll überzieht er meinen Fuß mit kleinen Küssen. Fasziniert beobachte ich seine geschlossenen Augen und seinen offenen Mund, als er meinen Fuß an seine Wange presst.

Er lässt eine Hand sacht in Richtung meiner intimsten Stelle wandern. Kurz bevor er meinen Schambereich berührt, öffnet er seine Augen und klebt mit seinem Blick fest an meinem. Mein Erschaudern als er mich kaum spürbar streichelt, lässt meine Augen zufallen.

Hoffentlich hört er nicht damit auf.

Leider wandert seine Hand weiter zu meinem anderen Fuß und nun beginnt das Spiel erneut. Obwohl ich es kaum erwarten kann, dass er mich endlich wieder an meinen Schamlippen berührt, lässt er sich quälend lange dafür Zeit.

Als es endlich so weit ist, bäume ich mich seinen Fingern regelrecht entgegen und fordere seine Berührungen ein.

Das ist nicht selbstverständlich. Ich hatte genug Kunden, die sich wenig um meine Empfindungen geschert haben. Bei Serge habe ich manchmal das Gefühl, er will, dass ich mich völlig fallen lasse. Das gelingt ihm auch jetzt.

Als sich sein Kopf zwischen meine gespreizten Beine senkt, kann ich, was sich außerhalb unserer Zweisamkeit gerade abspielt, kaum mehr wahrnehmen.

Ich weiß nur eines: *Es ist der Wahnsinn.*

Der Einsatz seiner Finger und Zunge befördern mich in Sphären, die nie ein Mensch zuvor betreten hat.

Moment mal! War das jetzt aus einer Fernsehserie?

Als er sich nach einer Weile höher schiebt, mache ich mich an seiner Kleidung zu schaffen. Sein kleiner Bauchansatz ist nicht zu übersehen, er stört mich allerdings wenig.

Außerdem spricht es für meine Theorie mit den öligen Spaghetti.

Viel interessanter finde ich das, was unter dem Bauch darauf wartet, in Aktion zu treten. Als er sich endlich nimmt, weswegen er mich mitgenommen hat, liege ich keuchend in seinen Armen und genieße die Schübe, mit denen er mich voll ausfüllt.

Als ich Serges tiefen Atemzügen eine Weile gelauscht habe, verlasse ich behutsam das Bett. Meine wenigen Bekleidungsstücke sind schnell zusammengesammelt.

Zur Suite gehört ein geräumiges Badezimmer, in dem ich mich in Ruhe ankleide und für den Heimweg ansehnlich mache. Mit den High Heels in der Hand verlasse ich auf Zehenspitzen schleichend das Bad.

Auf dem kleinen Sekretär liegt ein cremefarbenes Kuvert, das ich im Halbdunkel des Raumes gut erkennen kann. Selbst wenn es vollkommen dunkel wäre, würde ich dieses Kuvert dank jahrelanger Konditionierung und eines definitiv vorhandenen Röntgenblicks finden. Okay, ich gebe es zu. Serge hat es dorthin gelegt und ich habe es schon vorhin gesehen.

Darauf bedacht, kaum ein Geräusch zu verursachen, schleiche ich zum Tisch und greife meine Förderabo-Entlohnung. Das dicke Bündel, das ich durch den Umschlag ertasten kann, lässt mein Herz erfreut hüpfen. Der nächste ausgiebige Einkaufsbummel ist gebongt. Da muss ich bestimmt nichts von der Stange kaufen.

Apropos Stange!

Auf dem Weg zur Zimmertür fällt mein Blick auf den demontierten Bettpfosten.

Da sollte ich wohl nicht das ganze Trinkgeld nehmen. Es hätte nicht viel gefehlt und ich hätte mich selbst gepfählt.

Serges Lachen geht mir nicht mehr aus dem Kopf.

Meine spontane Tanzaktion war so was von dämlich.

Ich hebe den Pfosten auf und versuche ihn wie einen verlorenen Zahn zurück in die davor vorgesehene Halterung zu stecken. Bei meinen Milchzähnen hat das leider nie langfristig geklappt, aber vielleicht habe ich ja diesmal mehr Glück. Das Puzzle scheint ganz gut ineinander zu passen. Die Stöckelschuhe in meinen Händen schlagen leicht ans Holz, als ich es fest in Richtung Boden presse. Auf die Schnelle kann ich nichts finden, womit ich den Bettpfosten besser fixieren könnte. Das braucht es vielleicht auch nicht – soweit ich das bei der spärlichen Beleuchtung erkennen kann, sieht der aus wie neu. Nur wenn ich mit der Hand über die gebrochene Stelle fahre, kann man das ganze Ausmaß der Verwüstung erahnen. Gut! Auftrag ›bei der Stange bleiben‹ kann ich hiermit wohl beenden.

Dieser Vollpfosten wird ohne mich durchhalten.

Nein, natürlich meine ich nicht Serge damit.

Da fehlt es gerade noch, dass ich nach getaner Arbeit zufrieden die Hände aneinanderreibe. Gut – es wären ohnehin die Schuhe im Weg.

Serge zeigt erste Anzeichen eines unruhigen Schlafes. Wahrscheinlich möchte er irgendwann eine Stange Wasser in die Ecke stellen.

Hör auf, Doris! Ich sollte jetzt die Fliege machen.

Sachte schließe ich die Tür der Suite von außen und lausche auf das leise Schnappen, mit dem sie in ihr Schloss einrastet. Von drinnen kann ich keinen Laut vernehmen, als ich zur Kontrolle noch einmal an der Tür rüttele. Mit den ersten Schritten, die ich den Gang entlanggehe, schlüpfe ich in meine Schuhe. Ein knarzendes Geräusch, gefolgt von einem hölzernen hohlen Plock lässt mich innehalten.

Hat hier jemand eine Flasche Sekt geöffnet?

»Lèche mon cul«, kommt es laut aus Serges Zimmer. Was auch immer er damit sagen will. Es hörte sich auf jeden Fall nicht an wie das Wort zum Sonntag.

»Et voilà la merde.«

Es hört sich immer noch nicht an, wie das Wort zum Sonntag.

»Baum fällt«, flüstere ich. »I'm going Timber. You'll be the one who won't forget.«

Ich hätte ihm doch nicht das ganze Geld abknüpfen dürfen. Ich fürchte, der Stangenträger wird zum Fahnenflüchter. Mit anderen Worten: Es wird endlich Zeit, Land zu gewinnen.

Erstaunlicherweise schallt mir immer noch das Lied ›Single Ladies‹ mit dem anklagenden *Oh, oh, oh, woh, oh, oh …* im Kopf herum, als ich fluchtartig hockjoggend das Hotel verlasse.

Midlife-Crisis

*G*lücklicherweise ereilt mich übers Wochenende kein Anruf von der Agentur, um mir die Übersetzung von Serges gerufenen Sätzen zukommen zu lassen.

Vielleicht hat er das Attentat mit dem hölzernen Prügel auch gar nicht überlebt?

Ich hätte mich um ihn kümmern müssen. Wenn er nun eine Platzwunde hatte und dringend Hilfe gebraucht hätte? Ich bin eine ganz, ganz miese Begleitung. Wie heißt es so schön? Lieber allein als in schlechter Begleitung. Serge wird sich nie wieder bei mir melden. Er wird sich jemanden suchen, der in der Lage ist, sein Bett in einwandfreiem Zustand zu verlassen.

Hallo! Ich meine das Bett, nicht mich.

Von Samstag auf Sonntag habe ich mich richtig in meine Gedanken hineingesteigert.

Was ist nur los mit mir? – Das mit der Midlife-Crisis scheint eine ernstzunehmende Plage zu sein.

Eilig setze ich mich vor den PC, wie ich es immer tue, wenn ich mich informieren möchte. Da lese ich: *Midlife-Crisis. Wenn Männer peinlich werden.*

Nun, das kann ich wahrscheinlich 1:1 auf das weibliche Geschlecht übertragen.

Okaaaaay! Ich war peinlich. Punkt eins spricht für eine Krise.

Bei näherer Recherche stelle ich fest, dass ich viel zu früh dran bin für so eine Krise.

Lächerlich! Das Tal des Lebens. Die Chance der Krise.
Was ist das denn für ein Schmarrn? Das hilft mir ja nicht
weiter. Doch! Hier: eine Beratungsstelle ganz in meiner
Nähe. Qualifizierte Soforthilfe.
Ja, genau das brauche ich jetzt wirklich dringend.

Schnell überfliege ich die Voraussetzungen, die so
eine Hilfe rechtfertigen. ›Enttäuschungen oder akute
Belastungssituationen, berufliche Konflikte, lebensver-
ändernde Umstände oder Umbrüche.‹

Na ja, das passt ja schon irgendwie. Ich rufe da sofort an. Schließlich habe ich ja eine Umbrucharbeit am
Bett durchgeführt und Serge damit Umstände bereitet,
zudem hatte ich einen beruflichen Konflikt wegen meiner geklauten Identität.

Nach längerem Warten meldet sich eine ruhige
Frauenstimme.

»Ich brauche sofort einen Termin«, lege ich los. »Es
ist dringend. Ich muss mit jemandem reden … persön-
lich … am besten sofort.«

Immer wieder versucht die Frau, Genaueres zu erfahren, aber ich bestehe auf meine Not und betone
mehrfach die Dringlichkeit. Endlich bekomme ich einen Termin, leider erst am Dienstagvormittag.

Wie ein echter Sonntagsnotfall habe ich mich also
nicht angehört, aber lieber später einen Termin als keinen.

Komischerweise geht es mir schon besser.

So eine Krise kann sich doch nicht in Luft auflösen,
wenn man einen Termin in der Tasche hat, oder?

Sie löst sich den ganzen Montag über nicht auf. Mehrmals versuche ich, Ela zu erreichen, aber sie will offensichtlich nicht mit mir sprechen. Okay, ich kenne sie. Sie wird mir nicht ewig böse sein. Irgendwann werden wir über diese Sache lachen.

Aber eines muss ich tun, ich muss Raffaela begraben. Natürlich nicht mit einem Profikiller. Nein, das Agenturenego wird das Licht der Welt verlassen. Das ist kein Problem. Letztendlich habe ich nur noch Serge, den ich bis zu seiner Abreise irgendwie mit meiner Raffaela hinhalten muss. Dann wird ihre Set-Karte verschwinden.

Vielleicht sollten auch Sophia und Michelle verschwinden? Ist es mit Ende zwanzig nicht an der Zeit, einen anderen beruflichen Weg einzuschlagen?

Mit diesen Gedanken im Kopf mache ich mich auf den Weg zum Poledance-Kurs.

Erneut treffe ich auf die jungen Hühner. Mit meiner Anwesenheit habe ich den Altersdurchschnitt der Trainingsgruppe erheblich erhöht.

Die haben zusammen so viel Falten wie ich alleine, denke ich mir und muss über mich schmunzeln.

Schließlich habe ich mich doch gar nicht so schlecht gehalten. Manchmal habe ich auch ein bisschen nachgeholfen.

»So, Doris! Alles fit?«, murmelt Boris hinter mir.

»Ja.«

Er nickt erfreut. »Heute lade ich dich auf einen Drink ein. Vergiss das nicht.«

»Nein, ich bin nicht so alt, dass ich bereits an Demenz leide.«

Boris freut sich tierisch über meinen Kommentar, wie ich im Spiegel beobachte.

Oder freut er sich tatsächlich über das Date mit mir? Das ist kein Date.

Grimmig fixiere ich sein Spiegelbild und ernte noch mehr fröhliche Blicke, während er die anderen Teilnehmer begrüßt. Melanie ist ebenfalls hier.

Nach dem schweißtreibenden Aufwärmen will es mit mir und der Stange heute nicht so richtig klappen.

Ob das immer noch am Kontakt mit dem Bettpfosten liegt? Oder am Kontakt mit dem Mann in besagtem Bett?

Besonders viel Schlaf habe ich nicht bekommen. Irgendwie mache ich mir schon seit Tagen Gedanken, ob Serge wütend auf mich ist. Das möchte ich nicht. Ausgerechnet mit Serge musste das passieren. Und ausgerechnet heute gibt uns Melanie den Tipp, dass wir im privaten Umfeld die zu betanzende Stange immer erst gut auf Stabilität prüfen sollten, bevor wir uns unbedacht daran schwingen.

Ganz, ganz toll. Also Mädels: ›Immer schön die Stange prüfen‹, wird nun offiziell als Sprichwort eingeführt. Und wehe dem, der das jetzt irgendwie zweideutig auslegt – auch das mit dem Einführen.

»Was ist los, Doris? Doch nicht alles fit?«, fragt mich Boris, als er einen weiteren halbherzigen Versuch meinerseits beobachtet hat.

»Bei mir klappt es heute nicht so richtig. Ich habe die letzten Nächte nicht besonders gut geschlafen«, erkläre ich und denke an die Veranstaltung vom Freitag, das Hockjoggen, die Perückenkatastrophe mit Ela, an Serge und den Bettpfosten. Mein Gesicht scheint Boris genug Antwort zu sein, um jede weitere Nachfrage zu verhindern.

»Es wäre gut, wenn du zu Hause Platz für eine Übungsstange hättest. Es wäre nicht schlecht, wenn du jeden Tag trainieren könntest. Dann könntest du noch viel schneller Fortschritte sehen.«

»Keine schlechte Idee. Solange du mir keine Übung in Strumpfhosen vorschlägst.«

Mit verschränkten Armen schüttelt Boris den Kopf und wendet sich wieder den anderen zu.

Die Trainingseinheit zieht sich heute wie ein Kaugummi, und mein Rücken schmerzt. Endlich, endlich ist Feierabend und alle Kursteilnehmer sind in Aufbruchsstimmung. Aber mich nervt es, dass ich den neu erlernten Spin einfach nicht hinbekomme. Verbissen übe ich noch ein paar Mal und schlage irgendwann wütend mit der flachen Hand auf den Boden, weil ich unsanft auf dem Po gelandet bin.

Melanie winkt mir zu und verlässt den Raum.

Boris beobachtet mich weiterhin interessiert. Weil er mir mit seinem spottenden Grinsen dermaßen auf den Keks geht, stehe ich auf und tänzele im Trainingsraum herum wie eine Primaballerina auf Abwegen. Obwohl das spottende Lächeln nun noch durch eine hochgezogene Augenbraue wirksam ergänzt wird, verziehe ich keine Miene. Erhaben bewege ich mich durch den Raum und ahme dabei nach, was ich so fasziniert auf der Bühne beobachtet habe. Körperspannung gepaart mit elegantem Armschwung, langem Schwanenhals und auf Zehenspitzen. Das ist ein Klacks gegen diesen Poledance.

Weil ich keine Anstalten mache, mit dem Tanz aufzuhören, scheint Boris einen Entschluss gefasst zu haben. Er legt sein Handtuch ab und geht zur Mini-Stereoanlage, die auf dem kleinen, runden Lacktisch steht.

Vielleicht sollte ich doch aufhören und einfach gehen?

Aber er legt eine CD ein. Als kurz darauf ein mir bekanntes Klavierstück von dem besagten Abend der Aufführung ertönt, fühle ich mich auf einmal so richtig dämlich. Bevor ich mit dem merkwürdigen Gebaren aufhören kann, hat Boris mich schon fest im Griff und dreht mich herum. Immer wieder murmelt er mir Anweisungen zu, die ich komischerweise stur befolge.

»Jetzt auf Zehenspitzen, Bein strecken.« Wir bewegen uns tanzend durch den Raum, und ich fühle mich wie in der Fahrschule.

»Etwas mehr Tempo, dann langsam auslaufen lassen …«

Ein Wunder, dass ich nicht rückwärts einparken muss, aber das scheint es bei diesem Tanz nicht zu geben.

Erst, als das Musikstück zu Ende ist, lässt Boris mich los.

»Schon erschöpft?«, fragt er, während er beobachtet, wie stark ich schnaufen muss.

»Was heißt hier schon? Du hast ja keine Ahnung, wie anstrengend Poledance ist. Das ist kein Vergleich zu diesem Ballettgehampel hier.«

»So, so«, sagt Boris und geht auf eine der Übungsstangen zu, »wusstest du nicht, dass Poledance auch das vertikale Ballett genannt wird.«

Mir schwant schon etwas, als er sich zielsicher an der Stange festhält und beginnt, daran herumzuwirbeln. Wow! Er hat es echt drauf und macht Kunststücke, die mit meinen erbärmlichen Anfängerfiguren nicht das Geringste zu tun haben. Es ist unglaublich, wie er mit den Füßen durch die Luft geht, als würde er eine unsichtbare Treppe entlanglaufen – es sieht so federleicht aus. Als er die kleine Aufführung beendet, applaudiere ich ihm und sehe, dass Melanie ihren Kopf zur Tür reinstreckt. »Seid ihr bald soweit. Ich will dann absperren.«

Boris bietet an, ihr den Schlüssel in den Briefkasten zu werfen, was sie gerne annimmt.

»Melanie möchte die Tanzschule verkaufen«, sagt Boris, nachdem wir eine Weile geschwiegen hatten.

»Ach! Wieso denn? Läuft sie nicht gut?«

»Doch«, antwortet Boris und geht erneut zur Stereoanlage, um sie auszuschalten. »Sie läuft sogar sehr gut, aber Melanie hat sich im Kuba-Urlaub verliebt und wird dorthin ziehen. Ich würde ihr die Tanzschule gern abkaufen, aber ich brauche ein gewisses Grundkapital zur Finanzierung.«

Ich werde das Gefühl nicht los, dass er etwas von mir will. Er wird doch nicht wissen, dass ich ganz gut was gespart habe, oder?

Abwartend verschränke ich die Arme, während er immer noch in liebevoller Kleinarbeit alle CDs zu sortieren scheint.

»Es gibt da einen Wettbewerb. Der Sieger würde eine nette Prämie erhalten und ich hätte die Schule finanziert.«

Oh, oh.

»Schön«, entkommt es mir nicht ganz begeistert.

Jetzt dreht sich Boris zu mir um. »Du nimmst mit mir an diesem Wettbewerb teil.«

»Ich?«

»Bitte, Doris.«

Ein Mann bittet mich um etwas. Ich weiß gar nicht mehr, wann dies das letzte Mal in meinem Leben passiert ist.

»Ich würd ja, Boris, aber ich kann nicht. Wie soll ich das schaffen?«

Mit großen Schritten kommt er auf mich zu.

Ich widerstehe dem Drang, mich rückwärts von ihm zu entfernen.

»Wenn du es nicht schaffst, dann keine. Ich hab dich beobachtet. Wenn du etwas wirklich willst, dann machst du es hundertprozentig. Gib mir eine Chance. Ich brauch das Preisgeld.«

Abwehrend hebe ich meine Hände. »Da geb ich dir lieber das Geld. Wie viel brauchst du?«

»Keine Almosen. Ich bin schon bereit, was für meine Zukunft zu tun. Aber ich brauche dich dafür.«

Viel zu nah ist mir Boris auf die Pelle gerückt. Obwohl ich nicht klein bin, überragt er mich um einen Kopf.

»Hat jemand wie du denn keine Tanzpartnerin?«, gebe ich trotzig von mir.

»Ja, meine Exfreundin. Das hat sich ausgepartnert. Sie nimmt mit ihrem neuen Freund ebenfalls am Wettbewerb teil.«

Ganz großes Kino.

»Puh! Weißt du, genau so etwas kann ich eigentlich überhaupt nicht brauchen. Da sehe ich ja jetzt schon, wie das werden wird. Zickenkrieg hoch tausend.«

»Hab mir schon gedacht, dass du kneifen würdest, aber fragen wollte ich dich wenigstens.«

Was? Ich, und kneifen?

Seine Schultern hängen etwas tiefer als vor einer Minute, aber sein Blick scheint provozierend in meine Richtung zu blitzen.

»Kneifen? Ich kneif doch nicht«, entrüste ich mich und stemme meine Hände in die Hüfte.

»Feige Nuss«, setzt er noch einen drauf.

Das ist die Höhe! Nur, weil er dazu bereit ist, in fast durchsichtigen hautengen Nylons vor Publikum herumzuhopsen, muss er mich nicht als Feigling bezeichnen.

»Das nimmst du zurück, du … du Balletthäschen.«

Zufrieden verschränkt er die Arme, baut sich noch größer vor mir auf, sogar leicht breitbeinig.

»Was gibt's da auch noch doof zu grinsen?«, bleibe ich patzig und gehe unruhig im Raum herum, um ihn auf Abstand zu halten.

»Du weißt, dass ich ins Schwarze getroffen habe. Du hast Schiss.«

»Ich habe keine A…« Nun will ich doch auf ihn losgehen, da kommt er mir entgegen und schließt mich so schnell in seine Arme, dass ich gar nicht reagieren kann.

»Was soll das?«

»Tanz mit mir.«

Warum ich mich nicht dagegen wehre, dass er erneut meine Hände ergreift, um eine auf seine rechte Schulter zu führen und die andere in eine Tanzposition zieht, ist mir ein Rätsel. Damit hatte ich nicht gerechnet.

Glücklicherweise kann ich tanzen. Damit meine ich richtig tanzen, nicht so ein elegantes Herumgeschleiche wie vorhin, als ich versucht habe, wie eine Ballerina auszusehen. Es gab schließlich auch in meinem Job als Hostess immer wieder Anlässe, wo ich zu richtigem Paartanz gezwungen war.

Die Schritte, die er vorgibt, kenne ich und lasse mich darauf ein, bevor er mich erneut als Schisser bezeichnet.

Was ich natürlich nicht bin.

Innerlich sträube ich mich allerdings gegen seine Nähe, seine Berührungen und seinen Blick, der mich nicht freigeben will. Gerade, als es anfängt, mir sogar etwas Spaß zu machen, lässt er mich los und geht auf Abstand.

»Was?«, blaffe ich ihn an, weil er mir sogar kurz den Rücken zuwendet.

Sehe ich im Spiegel etwa ein genervtes Augenrollen?

»Vergiss es, Doris! Ich hab es mir anders überlegt. Du lässt dich nicht führen.«

Frechheit! Depp! Idiot! Dahergelaufener Tanzbär!

Wie gerne würde ich ihm jede Menge Beleidigungen um die Ohren hauen, aber eigentlich bin ich ehrlich entsetzt über seine Worte. Das hat noch nie ein Mann zu mir gesagt.

»Meine bisherigen Tanzpartner haben sich nie beschwert.«

»Klar. Die konnten wahrscheinlich selbst nicht richtig tanzen.« Er wendet sich mir wieder zu. »Du willst immer und überall die Kontrolle haben. Selbst beim Tanzen bist du nicht in der Lage, jemand anderem die Führung zu überlassen. Du bist ein hoffnungsloser Fall. Mit dir habe ich keine Chance bei dem Wettbewerb.«

Das ist harter Tobak. Eben fragt er mich noch, ob ich ihm helfe, und jetzt stößt er mich von sich. Da kennt er mich aber schlecht.

»Ich bin sehr wohl in der Lage, die Führung abzugeben.«

»Beweis es mir«, fordert er.

»Ich werde mit dir an diesem Wettbewerb teilnehmen.«

»Da musst du dich aber gehörig ins Zeug legen. Wir werden jeden Tag trainieren müssen.«

»Okay.«

Mein Schulterzucken wirkt eher verzweifelt als lässig, aber das ist mir in diesem Moment egal.

»Für diesen Wettbewerb habe ich eine sehr spezielle Idee und die Teilnahme wird dir sehr viel abverlangen.«

»Kein Problem.«

»Du wirst dir eine eigene Tanzstange anschaffen müssen.«

»Überhaupt kein Problem«, gebe ich hastig von mir, wobei ich ehrlich überlege, wo in meiner Wohnung die am günstigsten montiert werden könnte.

»Vielleicht wirst du mit mir im Strumpfhosen-Partnerlook auftreten.«

Okay! Das ist jetzt hart an der Grenze.

»Besitzt du eigentlich einen Flechtkorb?«

»Einen Flechtkorb ... so zum Reinsetzen?«

Schallend lache ich auf und bemerke sehr wohl, dass ich irgendwie leicht hysterisch dabei klinge.

»Nein, einen Einkaufskorb.«

»Nein, so was hab ich nicht. Warum?«

»Nur so ... Ich gehe jetzt mal duschen«, kündige ich an und verlasse den Raum.

Ich bin mir ziemlich sicher, dass meine Frage nach dem Flechtkorb bei Boris einen bleibenden Eindruck hinterlassen hat. Aber ich musste es einfach wissen. Vielleicht kann ich damit leben, ihn in Strumpfhosen tanzen sehen zu müssen und mich dazu. Einen Flechtkorbbesitzer kann ich nicht auch noch akzeptieren.

Als ich geduscht habe, checke ich mein Handy und sehe, dass ich kurzfristig gebucht worden bin. Von Serge.

Uh! Ob das mit dem verunglückten Bettpfosten noch ein Nachspiel haben wird? Es geht um ein gemeinsames Abendessen. Wenn ich mich beeile ... Shit! Das heißt, dass ich Boris schon wieder vertrösten muss.

Er steht noch unter der Dusche, jedenfalls höre ich das Wasser in der Herrendusche laufen.

Mit einem Wischen auf dem Display bestätige ich die Buchung über die Agentur und beeile mich.

Schließlich muss ich mich noch als Raffaela verkleiden. Gleichzeitig sollte ich mich mit Ela wieder vertragen, aber das muss dann wohl warten. Wir werden sie nicht noch ein zweites Mal antreffen, denke ich. Am liebsten würde ich mich jetzt heimlich und leise davonschleichen, aber das ist nicht meine Art.

Deshalb öffne ich die Tür zur Männerumkleide.

»Boris! Ich muss leider los«, brülle ich in die Dusche. »Mir ist etwas dazwischengekommen!«

Das Wasser wird abgedreht und mit einem Schwall heißer Luft steht Boris in der Herrenumkleide. Netterweise hat er ein Handtuch um die Hüften gewickelt, bzw. ist er gerade noch dabei.

»Die Arbeit ruft. Tut mir leid«, erkläre ich und winke mit meinem Handy.

»Bist du bei der Bereitschaftspolizei?«

»So ähnlich. Ich hab es eilig.«

Bevor er noch etwas sagen kann, eile ich davon und nach Hause.

Bruder Boris

Meine verschiedenen Verkleidungen kann ich inzwischen routiniert anlegen. Es dauert nicht lange, da bin ich schon wieder Raffaela geworden.

Mit Schwung reiße ich meine Wohnungstür auf und da steht ... Boris.

»Oh, Entschuldigung. Ich wollte zu Doris Partsch. Ist das nicht ihre ... Doris?«

Wie er mich ansieht. Irgendwie leicht angewidert. Klar, ich hab mich ziemlich stark geschminkt. Das scheint wohl nicht so ganz seins zu sein.

»Ja, ich bin es. Boris ... es ist gerade sehr ungünstig ... Sag mal, verfolgst du mich etwa?«

Mein Blick fällt auf die Trainingstasche in seinen Händen. Ich habe wohl so ziemlich alles im Studio vergessen. Und an der Tasche hängt ein Etikett mit meiner Adresse.

»Was hast du gleich noch mal gesagt, arbeitest du?«

Schnell nehme ich ihm die Tasche ab und schiebe sie mit Schwung in meine Wohnung. Ein Stück schlittert sie über den Boden und ich verfolge ihre Spur mit meinem Blick, damit ich mir Zeit für eine Antwort lassen kann. Eigentlich hatte ich noch nie Probleme damit, jemandem von meinem Beruf zu berichten. Es war mir immer egal, was die Leute von mir denken. Aber komischerweise ist es mir jetzt nicht gleichgültig. Gerne hätte ich mehr Zeit, um Boris alles genau zu erklären.

Aber jetzt bin ich unter Zeitdruck.

»Lass uns ein anderes Mal darüber reden. Ich muss jetzt wirklich dringend los.«

Ich drücke mich zu Boris auf den Gang und schließe die Wohnungstür hinter mir.

Er macht keine Anstalten, zur Seite zu weichen. Weil die Tür in meinem Rücken einrastet, stehe ich ihm nun viel zu nah auf der Pelle. Er sieht mich mit einem stechenden Blick an. Ich weiche diesem bewusst nicht aus. Boris geht einen Schritt zurück und macht mir mit einer galanten Handbewegung Platz.

»Bitte, die Dame«, säuselt er übertrieben höflich, »ich hoffe, dass das mit dem täglichen Training kein leeres Versprechen war, wie die Zusage zum heutigen gemeinsamen Umtrunk.«

Tief durchschnaufend verbeiße ich es mir, mich hier im Flur mit ihm zu streiten. Das kann warten. Mit einer entschuldigenden Geste eile ich an ihm vorbei und hetze die Treppen hinunter.

»Morgen Nachmittag bist du hoffentlich zu Hause«, ruft er mir nach. »Ich wollte dir gerne eine Pole vorbeibringen.«

Ich reagiere nicht darauf, verlasse das Haus und die bedrückende Stimmung, die sich meiner bemächtigt hat.

Was macht dieser Boris mit mir?

Ich kenne ihn kaum und dennoch fühle ich mich irgendwie verpflichtet, mich vor ihm zu rechtfertigen. Ganz zu schweigen, dass ich ihm helfen will, einen Tanzwettbewerb zu gewinnen. Da wird es schon schwer zu erkennen, welche der beiden Ansätze bedenklicher ist. Wenn er meinen Auftritt vor Serge gesehen hätte, dann hätte er mich das mit dem Wettbewerb niemals gefragt.

Es wird so was von Zeit für meine Beratungsstunde.

»Schon wieder zu spät«, denke ich mit einem Blick auf meine Armbanduhr, als ich in das Restaurant renne.

Da steht auch schon Baptiste.

»Zu spät, Baptiste, ich weiß«, keuche ich, bevor er irgendetwas sagen kann.

Nickend nimmt er mir den Mantel ab, und ich richte mein dunkelblaues Kleid ein wenig, weil es sich bei der Hetzerei zu weit nach oben verschoben hat.

»Er erwartet Sie bereits Madame«, erklärt er, als er sich auf den Weg zur Garderobe macht.

Ohne auf ihn zu warten, betrete ich den Speiseraum des asiatischen Lokals. Sofort kann ich die übliche plänkelnde Musik hören, die hier wahrscheinlich in Dauerschleife läuft. Es scheint ein Buffet zu geben, was mir sehr entgegenkommt.

»Bist du eine Nutte?« Erschrocken drehe ich mich um und sehe Boris.

Er ist ebenso außer Atem wie ich.

Irritiert sehe ich mich im Lokal um. Es macht den Anschein, als hätte niemand den Satz aus Boris' Mund gehört.

Gott sei Dank!

Da erspähe ich Serge, der mir bereits winkt. Fröhlich lächelnd winke ich zurück.

»Boris! Was machst du hier?«, zische ich zwischen den zusammengebissenen Zähnen hervor.

»Nichts Besonderes. Ich habe einfach wissen wollen, was eine junge hübsche Frau dazu veranlassen könnte, sich derart zu verkleiden. Und da blieb neben Geheimagentin nicht mehr viel übrig.«

»Was spricht gegen die Geheimagentin?«, frage ich und schiebe ihn in Richtung Ausgang.

»Wahrscheinlichkeitsrechnung und mein gesunder Menschenverstand«, entgegnet er knapp, während ich ihn aus dem Speiseraum führe.

»Alles in Ordnung, Madame?«, höre ich Baptiste fragen.

Ich bejahe wieder mit einem übertriebenen Lächeln. »Sagen Sie Serge doch bitte, dass ich sofort bei ihm bin … mein … mein Bruder wollte gerade gehen.«

»Bruder … Doris … Du bist nicht wirklich eine Nutte, oder?«, will Boris jetzt fassungslos wissen, als es mir endlich gelingt, ihn aus dem Lokal zu befördern.

Die kalte Nachtluft streift meine nackten Gliedmaßen, und es fröstelt mich. Dennoch ziehe ich Boris entschlossen immer weiter vom Eingang des Lokals weg.

»Ich weiß nicht, was es dich angehen würde. Ich bin keine Nutte. Ich bin Hostess.«

»Für diesen Schnösel da drin?«

Er deutet aufgebracht auf den Eingang des Lokals zurück.

Mir ist klar, dass er Serge gesehen hat und niemals Baptiste meinen würde. Der könnte niemals als arrogant durchgehen, dafür wirkt er viel zu respektvoll und bescheiden. Mit den Schultern zuckend nicke ich und bestätige seine Vermutung. Aus seiner Sicht sieht das irgendwie alles etwas anders aus. Vielleicht sieht er es auch realistisch.

Fassungslos fährt er sich mit einer Hand durch sein Haar und packt mich schließlich an den Oberarmen, schüttelt mich, als wolle er mich wachrütteln. Die Haftkraft meiner Perücke wird auf eine starke Probe gestellt. Aber sie hält.

»Du bist nichts weiter, als die Mätresse von diesem reichen Macker«, spuckt er mir ins Gesicht.

»Das ist meine Arbeit. Damit verdiene ich mein Geld.«

Wütend winde ich mich aus seinen Händen – ich will ihn momentan einfach nicht spüren.

»Nein«, er schüttelt energisch den Kopf und deutet auf mich, während er sich endlich rückwärts von mir entfernt. »Du verkaufst dich. Das ist keine Arbeit, sondern Selbstzerstörung.«

Gerade, als er sich abwenden will, entscheidet er sich wohl, doch noch einmal zurückzukommen. Mit einer Hand packt er mich und drängt meinen Blick auf die verglaste Fassade des Gebäudes.

»Sieh dich doch mal genau an. Das bist nicht du, Doris!«

Obwohl ich mich vorhin schon im Spiegel begutachtet habe, versuche ich mich, durch Boris' Augen zu sehen. Da steht eine rothaarige, extrem geschminkte Person in einem extrem kurzen Kleidchen und High Heels. *Ja, das bin nicht ich.*

»Doch. Das bin ich«, sage ich viel zu kraftlos, »ich muss jetzt zu Serge.«

»Eigentlich könnte es mir ja herzlich egal sein, was du machst, aber mir liegt etwas an dir, Doris. Mehr, als du vielleicht ahnst.«

Seine Hände drücken wieder meine Oberarme und dirigieren meinen Körper zu seinem. Gerade, als sich mein Blick von der verglasten Fassade löst, spüre ich schon Boris' fordernden Kuss auf meinen Lippen. Sein Mund erobert mich, nimmt alles, was er kriegen kann, und lässt mir keine Möglichkeit, zu Atem zu kommen. Als er sich schließlich doch von mir löst, schnappe ich nach Luft.

»Boris …«

»Wie viel bin ich dir für diesen Kuss schuldig?«

Wütend knalle ich ihm meine flache Hand ins Gesicht. Der Schlag war heftig, sein Gesicht ist von mir abgewendet. Er sieht mich nicht mehr an, schließt nur kurz die Augen und nickt. Dann dreht er sich um und geht.

Einen Moment stehe ich sprachlos und handlungsunfähig wie erstarrt da. Meine Handfläche prickelt unangenehm.

Dieser bescheuerte Blümchenpflücker!

Wie aus dem Nichts fängt mein Körper an zu beben, ich krümme mich und weine los.

Im ersten Moment erkenne ich den Mann nicht, der im dunklen Anzug und wehendem Jackett auf mich zustürmt. Erst seine Worte machen das deutlich.

»Mon chou …« Serge hat mich erspäht und schon umfasst er mein Gesicht. »Was ist dir nur passiert?«, brummt er mit seinem unverwechselbaren sexy Akzent.

In der Öffentlichkeit war ich zwar schon häufig in seiner Begleitung unterwegs, dabei haben wir aber stets darauf geachtet, nicht zu intim miteinander zu wirken. Jetzt ist mir das egal. Immer noch schluchzend schlinge ich meine Arme unter sein Jackett um seinen Körper und presse mich an ihn. Sein starker Rasierwasserduft kriecht mir in die Nase.

»Na, na, mon chou, wer wird denn hier so weinen?«, flüstert Serge, während mein Körper von heftigem Beben erschüttert wird. Seine Arme nehmen mich in eine tröstende Umarmung.

Das hatte ich auch noch nie: Mich bei einem Klienten ausheulen wegen eines Möchtegern-Bobbycarpiloten, der mir das Leben schwer macht.

»Ist es wegen dieses Cretins?«, fragt er nach einer Weile und löst sich von mir. Aus seiner Jacketttasche fischt er mit einem gezielten Griff ein unbenutztes Taschentuch und trocknet mir beinahe liebevoll die Tränen.

Ich nicke und wische mit meinen Fingern die Nässe unter den Augen weg, damit mir die Schminke nicht völlig verläuft.

Er greift nach meiner Hand und entfernt sie von meinem Gesicht. Dann tupft er sehr vorsichtig die letzten nassen Stellen weg und mustert mich mit einem Gesichtsausdruck, über den ich eigentlich nicht näher nachdenken will.

Hat er mich schon einmal so angesehen? So entspannt und zugetan? Ich weiß es nicht.

Kurz breche ich aus seinem Blick aus, und da sehe ich sie. Die gewaltige Beule, die oberhalb seiner Stirn gewachsen ist. Seine dunklen Haare haben sich an dieser Stelle nicht gut frisieren lassen. Sie stehen in alle möglichen Richtungen von der Kopfhaut weg. *Oh, oh.*

»Oh, Serge. Hat der Pfosten deinen Holzkopf ...«, sage ich weinerlich und halte inne, bevor ich weiterspreche, »... hat der Holzpfosten deinen Kopf getroffen?«

Ein kleines Lächeln huscht über Serges Gesicht. »Merkwürdig, mon chou. Er lag eigentlich abgebrochen am Boden, als ich eingeschlafen bin.«

»Hmh«, nicke ich eifrig und muss zum Glück nicht mehr an den gemeinen Boris denken. Viel wichtiger ist, dass ich mich jetzt elegant aus der Affäre ziehe. »Ich weiß auch nicht, wie das passieren konnte. Vielleicht hat das Hotelpersonal ...«

»Ja, ich habe dafür gesorgt, dass das Zimmermädchen entlassen wurde.«

Nein! Das hat er getan?

Jetzt lacht Serge über meinen Gesichtsausdruck, ergreift meine Hand und zieht mich mit sich.

»Nein, mon chou. Woher kannst du wissen, dass ich diese Beule von dem Bettpfosten habe? Du selbst hast dich daran zu schaffen gemacht. Ich sehe dich deutlich vor mir, wie du hockjoggend und hüftwippend um den Pfosten wackelst und ihn damit so erregst, dass er sich von selbst aufgestellt hat.«

»Wa...?«

Ich versuche zu begreifen, was er mir damit sagen will, aber er zieht so sehr an meiner Hand, dass ich mich eher darauf konzentrieren muss, in den hohen Schuhen nicht der Länge nach auf den Asphalt aufzuschlagen.

So viel ist mir klar. Wir scheinen nicht mehr zurück in das asiatische Lokal zu gehen, da Serge mich zu seinem Wagen zieht.

Baptiste sitzt am Steuer und scheint bereits zu wissen, wohin die Fahrt geht. Mein Mantel liegt auch schon auf der Rückbank des Fahrzeuges, und mir ist klar, dass der Abend gelaufen ist.

Diesmal wird Serge sich beschweren, mit Sicherheit.

Aber wäre das nicht der perfekte Vorwand, um endlich mit diesem Job aufzuhören? Wahrscheinlich ist es ganz gut, wenn ich in allen Ehren entlassen werde. Vom Dienst suspendiert sozusagen.

Wir fahren eine Weile durch die Stadt. Längst konzentriere ich mich nicht mehr darauf, wohin die Fahrt geht. Serge sagt plötzlich etwas auf Französisch zu Baptiste und der bremst prompt ab.

Werde ich jetzt mit einem Kick in den Hintern auf die Straße befördert? Was ist das hier für eine Gegend? Okay, gut. Wenigstens hat er nicht die letzte Gasse gewählt. Hier scheint was los zu sein.

Fasziniert sehe ich den Laden an, vor dem Baptiste gehalten hat. Das ist ein Club, wie es scheint und der Name ›Château‹ lässt mich vermuten, dass Serge noch vorhat, sich zu amüsieren. Wahrscheinlich hat er keine Probleme, an der Warteschlange und den beiden Türstehern vorbeizukommen. Hier gibt es auf jeden Fall genug hübsche Mädels, mit denen er den heutigen Abend noch etwas unterhaltsamer gestalten kann.

Verstehend nicke ich ihm zu und berühre bereits den Griff meiner Tür.

»Okay, ich verstehe …«

Serge scheint nicht zu verstehen. Seine Augenbrauen berühren sich fast.

Da öffnet sich hinter mir die Fahrzeugtür. Weil ich nicht damit gerechnet habe, falle ich schon halb hinaus, werde aber von dem Herrn, der die Tür offensichtlich geöffnet hat, gehalten. Es handelt sich zu meinem Erstaunen um einen der Türsteher. Er entschuldigt sich und ich rappele mich umständlich mit seiner Hilfe auf, während ich mein Kleid nach unten ziehe. Kurz beuge ich mich zu Serge in den Wagen und winke ihm.

»Also dann …«

Irgendwie muss ich plötzlich hart schlucken. Noch nie habe ich eine Verabredung dermaßen verpatzt. Den Abend, an dem Raffaela mich damals vertreten hat, nicht mitgezählt.

»Was …?«, höre ich Serge aus dem Wageninneren noch sagen, doch ich stolziere bereits mit meinem Mantel über dem Arm davon.

Bleib aufrecht, Doris! Dieser Abgang wird es in sich haben. Beim Wein nennt man das ja auch Finale oder Nachhall, und dieser wird definitiv eine Empfindung nicht nur auf meinem Gaumen hinterlassen.

Da berührt mich jemand ganz sanft an meinem nackten Arm. Serge rückt in mein Blickfeld.

»Mon chou …«, er deutet auf den Eingang des Château, »… es geht hier entlang.«

»Aber … ich dachte …« Mit einem erleichterten Ausschnaufen fallen meine Schultern ein Stück nach unten, und mein Mantel hängt nun am Boden. Serge nimmt sich diesem sofort an.

»Du dachtest doch wohl nicht, dass ich dich in diesem Zustand einfach gehen lasse? Du scheinst einen Drink zu brauchen. Und da drinnen bekommen wir alles, was wir benötigen.«

Meine Hostessenehre, falls es so etwas überhaupt gibt, meldet sich gerade zu Wort.

Das geht ganz und gar nicht.

Der Kunde ist König. Ich kann mich doch nicht in seiner Gegenwart hemmungslos besaufen, obwohl es verlockend klingt. Einfach mal alles vergessen. Boris vergessen und Doris vergessen. Sophia, Michelle und Raffaela vergessen. Es scheint fast so, als hätte ich jede Menge Leute zu vergessen, die allesamt zu meiner Persönlichkeit gehören. Alle, außer Boris.

»Okay«, stimme ich mehr mir selbst als Serge zu und betrete mit ihm den Club.

Kaugummi am Laternenmast

*L*iege ich etwa in einem Bett? Warum brummt mein Kopf so?

»Oh«, stöhne ich und fasse mit beiden Händen an meinen Brummschädel. Verwirrt ertaste ich mein Haar. Das ist eindeutig mein Haar und in meinem Hinterkopf meldet sich ein kleines Warnsignal.

Zuletzt war ich doch mit Perücke unterwegs gewesen. Oder?

Viel zu schnell setze ich mich auf und reiße die Augen auf. *Ist das grell.*

Ich befinde mich in einem hell erleuchteten Hotelzimmer. Das Tageslicht fällt herein, und ich muss davon ausgehen, dass es bereits Vormittag ist.

Es ist wohl besser, wenn ich mich wieder hinlege. Liegend sehe ich mich um. Keine Frage. Der demolierte Bettpfosten, der an der Wand lehnt, ist Beweis genug. Ich habe bei Serge übernachtet. Ohne Perücke. Und ich bin nackt.

Es kann ja kaum sein, dass ich in einem anderen Bett liege und es ein zweites Mal geschafft habe, den Bettpfosten fachmännisch abzubauen. Oder?

Bis sich das Pochen in meinem Schädel etwas beruhigt hat, liege ich so flach wie möglich im Bett und starre die Decke an. So was ist mir noch nie passiert.

Bin ich inzwischen völlig verblödet?

Wenn mein Gehirn nicht so pulsierend seine Anwesenheit verkünden würde, könnte man meinen, es wäre nicht da.

Zwischendurch versuche ich mit vorsichtigen Blicken, die Lage im Schlafzimmer der Suite zu erkunden. Auf dem Nachtkästchen liegt meine falsche Lockenpracht. Von der Haube, die ich normalerweise noch darunter trage, um meine echten Haare zu verstecken, fehlt allerdings jede Spur. Mit einem schnellen Handgriff zum Nachtkästchen erbeute ich die Haare und ziehe sie mir im Liegen so gut es geht über den Kopf. Der Kopfschmerz lässt etwas nach. Wahrscheinlich habe ich gerade eine neue Entdeckung gemacht. Perücken helfen gegen Kopfschmerzen. Halbherzig stopfe ich meine blonden Haare unter den Ansatz der Perücke.

Wo sind meine Anziehsachen?

Leider sehe ich nur Serges Jackett auf einem Stuhl liegen. Also quäle ich mich aus dem Bett und schlüpfe in das Jackett. Die Perücke ziehe ich noch etwas tiefer, damit nicht so viel Licht in meine Augen fällt. Auch hier stellt sich eine Perücke als durchaus sinnvoll heraus.

Dann nähere ich mich der angelehnten Schlafzimmertür, um vorsichtig in den angrenzenden Wohnraum zu spähen.

Da sitzt Serge mit dem Rücken zu mir. Er ist völlig in die Lektüre der Tageszeitung vertieft, hat die Beine übereinandergeschlagen. Sein weißes Hemd wird vom einfallenden Tageslicht so erleuchtet, dass es mich unerträglich blendet. Das Klappern von Geschirr und Serges Armbewegung lassen mich vermuten, dass er sich eine

Tasse Kaffee gönnt. Weil er so entspannt wirkt, will ich ihn nicht stören. Außerdem ist es mir peinlich, da ich nicht die geringste Erinnerung an letzte Nacht habe. Ich weiß nur noch, dass ich mit ihm in diese Disco gegangen bin.

Vorsichtig öffne ich die Tür ein Stück weiter und sehe hinter Serge auf dem Sofa mein blaues Kleid liegen. Mit gespreizten Fingern schiebe ich die Tür weit auf und husche lautlos in den Wohnbereich.

Die Zeitung raschelt, die Tasse klappert und plötzlich höre ich: »Guten Morgen, Madame.«

Das war Baptiste, den ich erst jetzt wahrnehme. Augenblicklich erstarre ich, wie in diesem Kinderspiel. Derweil hat Baptiste doch gar nicht ›Blitz‹ gerufen.

Er sitzt an einem kleinen Sekretär und scheint an dem dort stehenden Laptop gearbeitet zu haben. In meiner hopsenden Bewegung tiefgefroren schiele ich zu Baptiste, ohne den Kopf in seine Richtung zu bewegen.

Täusche ich mich oder zuckt es um seine Mundwinkel verräterisch, während sein Blick von meinem Kopf bis zu meinen nackten Füßen wandert.

Serge dreht sich nun zu mir um und legt die Zeitung weg.

In diesem Moment freut mich nichts so sehr wie die Tatsache, dass ich Serges Jackett zugeknöpft habe. Es ist mucksmäuschenstill im Raum. Niemand scheint sich zu bewegen. Ich merke, dass ich immer noch mit erhobenen Armen und merkwürdig angewinkelten Beinen dastehe.

»Hockjoggen?«, fragt Serge jetzt mit einem Lächeln.

Wenigstens ein ›guten Morgen‹ hätte schon kommen können.

Er legt seinen Kopf schief und scheint mich genüsslich von oben bis unten zu betrachten.

»Ist das mein Jackett, mon chou?«

Das klingt so amüsiert. Find ich gar nicht witzig. Natürlich ist es sein Jackett, und so doof kann er gar nicht sein, dass er das nicht selbst weiß.

»Wollen Sie frühstücken, Madame?«

Danke, Baptiste.

Endlich schaffe ich es, mich aus dieser merkwürdigen Starre zu lösen. Ungelenk richte ich mich auf, ignoriere das erneute Pochen in meinem Kopf und bedecke meinen kaum verdeckten Schambereich mit den Händen.

»Äh … danke, Baptiste. Ich habe keinen Hunger.«

Bei dem Gedanken an etwas zu essen, stößt es mir sauer auf.

Weil jetzt wieder niemand etwas sagt und Serge mich noch immer spöttisch betrachtet, entschließe ich mich zur Flucht nach vorn. Blitzschnell schieße ich zum Sofa und kralle meine dort liegenden Kleidungsstücke mit einem verbissenen Lächeln zu Serge. Hastig bedecke ich meine Scham damit und husche in Windeseile zurück ins Schlafzimmer. Wahrscheinlich hatten die beiden jetzt einen netten Ausblick auf meinen Po. Was sich bestätigt, als ich Serge prusten höre, nachdem ich die Schlafzimmertür hinter mir geschlossen habe und mich daran anlehne.

Kurz schließe ich die Augen und verdränge den stechenden Schmerz an meiner Schläfe. Die Strafe, weil ich mich zu schnell bewegt habe.

Moment mal! Serge lacht mich aus?

Weil mir das unverständlich ist, schleudere ich meine Bekleidungsstücke auf das Bett und gehe darauf zu. Energisch öffne ich die Knöpfe des Jacketts und grummele wütend etwas vor mich hin, als hinter mir die Schlafzimmertür geöffnet wird. Sofort drehe ich mich um, die Finger noch an dem zweiten Knopf.

Serge ist hereingekommen. Er schließt die Tür und lehnt sich daran an, wie ich vor einer Minute. Mit verschränkten Armen richtet er sich dort häuslich ein.

Ich warte gespannt ab, was er zu sagen hat. Aber er sagt nichts, sondern betrachtet mich ausgiebig. Sein Blick bleibt an meiner Perücke hängen, und ich kann nur vermuten, dass sie nicht richtig sitzt, weil er sich über den Anblick zu freuen scheint. Nur einer seiner Mundwinkel ist schief nach oben gezogen, und ich spüre an der Passform der Haare, dass sie schief sitzen muss. Weil meine Finger immer noch am zweiten Knopf hängen, entschließe ich mich, das Jackett doch lieber noch zu zu lassen. Lieber rücke ich energisch meine falschen Haare zurecht.

Schwungvoll stößt sich Serge von der Tür ab, löst die Verschränkung seiner Arme und schlendert gemütlich auf mich zu. Weil er seine Hände in Richtung meiner Perücke hebt, denke ich, dass er mir beim Einrichten behilflich sein will, aber zu meiner Überraschung reißt er mir die unechte Haarpracht vom Kopf und schleudert sie hinter mir aufs Bett. Da bin ich ehrlich entsetzt darüber. Wenn es um meine Echthaarperücken geht, kenne ich keinen Spaß.

»Serge …«, schimpfe ich deshalb ehrlich empört, »… das ist eine …«

»Echthaarperücke … ja, das hast du mir letzte Nacht schon deutlich gemacht«, ergänzt Serge ruhig und ich bemerke, dass er mit seinen Händen zärtlich durch meine Frisur fährt.

In dieser Zeit beschäftige ich mich mit dem unangenehmen Gedanken, dass ich mich an dieses Gespräch offensichtlich nicht mehr erinnern kann.

»Warum versteckst du dich immer noch, mon chou? Ich habe dich heute Nacht bereits ohne diese Perücke gesehen«, sagt er mit rauer Stimme.

Mit einem Blick in seine Augen, wird mir leicht mulmig zumute. Die Perücken haben die echte Doris immer beschützt. Sie waren mein persönlicher Bodyguard. Das klingt vielleicht jetzt blöd, aber ohne meine Haarteile fühle ich mich nackt. Wie dieses Urwaldvolk, wo die Leute nichts tragen, außer einem dünnen Band um den Bauch. Ohne dieses Band fühlen die sich bloßgestellt, wie ich als Hostess ohne meine künstlichen Haare.

Shit! So langsam glaube ich, dass es keine Gehirnmasse sein kann, die da in meinem Hohlraum von Kopf so extrem ihre Anwesenheit vermeldet.

»Ich … verstecke mich nicht«, kann ich endlich wenig überzeugend von mir geben.

Meine Stimme klingt zittrig und ich hasse es, wenn sie das tut. Vor allen Dingen, wenn ich nicht weiß, warum sie das tut. Und am Irritierendsten finde ich, dass Serge immer noch mit beiden Händen in meinen Haaren herumwühlt. Na ja, er wühlt nicht direkt. Er bringt meine Haare in eine Form, die dann nach einer fertigen Frisur aussehen soll, glaube ich. So ähnlich zupfe ich immer an meiner Frisur herum, wenn ich sie style.

»Wo ist eigentlich meine Unterziehhaube?«, kann ich nach einem harten Schlucken fragen und bin froh, dass ich einen günstigen Themenwechsel hinbekommen habe.

Serge scheint mit meiner Frisur zufrieden zu sein. Komischerweise streichelt er jetzt kurz über meine beiden Wangen, bevor ich eine Antwort bekomme.

»Die habe ich entsorgt, mon chou. Sie roch nicht besonders gut.«

Sie hat gestunken? Was fällt ihm eigentlich ein? Erst schmeißt er meine sündhaft teure Haarpracht aufs Bett und jetzt hat er auch noch die dazugehörige Haube weggeschmissen.

Meine Entrüstung kann man mir anscheinend deutlich ansehen, da Serge den Abstand zu mir vergrößert.

Er kehrt mir den Rücken zu und verlässt das Schlafzimmer.

»Du riechst sehr gut, mon chou, und dein Haar ebenso«, sagt er, bevor er die Tür schließt. »Aber du hast die Haube in einen Hundehaufen fallen lassen, nachdem du sie dir vom Kopf gerissen hattest.«

Was?

»Und dann hast du sie vollgekotzt, weil der Hund wohl Durchfall hatte«, ergänzt er zu allem Überfluss noch.

Die Schlafzimmertür schließt sich, und ich bleibe fassungslos zurück.

Das habe ich getan?

Mein Filmriss scheint ungeahnte Ausmaße anzunehmen. Und das im Beisein eines Kunden. Meine geistige Diarrhoe scheint fortgeschrittener zu sein als das Häufchen Elend des Hundes. Jetzt ist es mir egal, dass ich nur das Jackett trage.

Ich beeile mich, das Schlafzimmer zu verlassen, um mit Serge zu reden. Leider ist er bereits in ein Telefonat vertieft, von dem ich sowieso kein Wort verstehe, weil er auf Französisch spricht. Außerdem steht er auf dem Balkon.

Deshalb stürze ich mich auf Baptiste, der gerade den Laptop in der dazugehörigen Tasche verstaut und in Aufbruchstimmung zu sein scheint. Auch wenn sein Blick kurz erneut über meine Bekleidung streift, scheint meine Fast-Nacktheit bei ihm keine weitere Reaktion hervorzurufen.

»Madame?«, fragt er höflich, weil ich so auf ihn zueile.

»Sagen Sie, Baptiste«, flüstere ich überflüssigerweise, obwohl Serge auf dem Balkon völlig abgelenkt ist. »Habe ich mich ... völlig danebenbenommen?«

Er lächelt? Oh, oh. Das kann nichts Gutes bedeuten.

Baptiste lächelt eigentlich nie. Aber er ist so freundlich, sich mir nun ganz zuzuwenden und mir kurz tröstend eine Hand auf die Schulter zu legen.

»Madame waren wohl leicht neben der Spur, wenn ich das ehrlich sagen darf. Aber Sie hatten wohl auch allen Grund dazu, nachdem dieser junge Mann Sie so hat stehen lassen.«

Hat er etwa das ganze Gespräch zwischen Boris und mir mitbekommen? Hat Serge uns auch beobachtet?

»Was habe ich genau getan?«

»Madame können sich wohl nicht erinnern?«

»Nein, leider.«

Oder ist es doch besser so?

»Ich habe nicht viel gesehen, Madame.«

Er will es nicht sagen.

»Bitte, Baptiste. Hab ich mich arg peinlich benommen?«

Nach einem intensiven Räuspern greift Baptiste nach der Laptop-Tasche. Er will gehen, aber das werde ich nicht zulassen. Ein Blick auf den Balkon zeigt mir, dass Serge zwar immer noch in ein Gespräch vertieft ist, aber mit kurzen Blicken zwischendurch immer wieder zu uns hereinsieht.

»Ich habe im Wagen gewartet, Madame. Was Sie in dem Club alles getan haben, kann ich nicht wissen. Aber ich habe gesehen, wie Sie gemeinsam mit Monsieur zum Wagen kamen …«

»Und da …?«, treibe ich wild gestikulierend an, weil ich das Gefühl habe, dass er gerne einen Punkt machen würde.

»… da haben Sie sehr laut etwas gesungen …«

Wieder treibe ich ihn mit entschlossener Miene an.

»I believe I can fly …?«

Sein französischer Akzent klingt richtig nett mit dem englischen Text. Allerdings frage ich mich, warum ich ausgerechnet dieses Lied und noch dazu eines von R. Kelly gesungen habe. Nein, die eigentliche Frage sollte vielmehr sein: Warum habe ich überhaupt gesungen? Mein geistiger Durchmarsch war wirklich viel massiver, als angenommen.

»Madame haben sich die Perücke vom Kopf genommen und dem Monsieur in die Hand gedrückt. Sie haben gesagt, es handele sich um eine wertvolle Echthaarpracht und er solle gut darauf aufpassen. Dann haben sie laut gerufen, dass Sie Doris sein wollen ...«

Er hält kurz inne, weil ich erschrocken die Augen aufreiße.

»Und dann ... ?«, hake ich nach, weil ich das alles nicht glauben kann.

»... haben Madame diese Badekappe ausgezogen. Sie fiel leider auf den Boden und ...«

»Ja, den Teil der Geschichte kenne ich schon. Was hab ich danach gemacht?«

»Madame haben wieder dieses Lied gesungen und sind dann mit Schwung an diesen ... wie heißt es ... Laternenmast gesprungen.«

»Ich bin was?«, kreische ich und packe Baptiste, weil er bestimmt nur einen Scherz macht.

Es muss ein Witz sein.

»Madame haben sich an einen Beleuchtungspfosten geklammert und wild daran herumgedreht.«

»Nein!« Voller Unglauben klammere ich mich an Baptiste fest und flehe ihn mit meinen Blicken an, dass das nicht die Wahrheit sein möge.

Baptiste nickt mitleidig und schält sich aus meiner

Umklammerung. Sein Blick fällt neben mich, und ich höre sofort, wie Serge den Raum betritt.

»Ja, mon chou. Du hingst an diesem Mast zusammen mit einem Haufen alter Kaugummis und hast gesungen. Die Passanten haben bereits applaudiert, und ich musste dich mit Gewalt davon wegreißen.«

Diese Situation will ich mir gar nicht vorstellen. Es wird so was von Zeit, dass ich dieses Beratungsgespräch habe.

»Auf Wiedersehen, Madame«, sagt Baptiste freundlich, entfernt aber mit festem Händedruck meine Finger, die sich in seiner Bekleidung festgekrallt haben. Dann wechselt er kurz ein paar französische Worte mit Serge, bevor er die Suite verlässt.

Immer noch konsterniert wage ich es nicht, mich Serge zuzuwenden. Das muss ich auch nicht. Er nimmt den Platz ein, an dem eben noch Baptiste gestanden hat.

»Ich gebe zu, ich bin nicht ganz unschuldig an den Vorgängen. Ich habe dich trinken lassen, was du wolltest«, erklärt er liebevoll. »Aber ich habe auch dafür gesorgt, dass dir nichts geschieht.«

Ja, das hat er.

Ohne nachzudenken, schlage ich die Hände vors Gesicht und reibe darüber, als könnte das die Geschehnisse dadurch wegradieren.

Was sage ich da?

Bei mir sind sie ja gelöscht und genau das ist ein schreckliches Gefühl. Das zusammen mit dem schadenfrohen Lächeln in Serges Gesicht ist zu viel. Wie gerne würde ich mich über ihn aufregen, ihn zur Schnecke machen, aber ich spüre auch eine gewisse Erleichterung. Ich meine, er hat gesehen, wie ich ohne Perücke betrunken an einem Laternenmast hing und steht hier noch mit mir. Dabei sieht er mich mit einem Lächeln an, in dem so viel mehr steckt als Spott. Irgendwie erinnert mich das an einen Blick, den ich schon einmal bei jemandem gesehen habe. Mir fällt nur nicht ein, wann und wo.

»Mon chou …«, raunt er mir zu. Er kommt mir näher und noch näher.

»Ich … haben wir … ich meine …«

Seit wann bin ich so schüchtern? Schließlich hatte ich schon oft Sex mit Serge. Warum liegt mir diese Frage so schwer im Magen? Das regt mich auf.

Serge versteht meine ungestellte Frage, vergrößert dem Abstand zu mir. Kurz habe ich den Eindruck, dass ich aufflammenden Ärger auf seinem Gesicht erkennen kann. Aber seine Mimik wird sofort wieder weich.

Er ergreift meine Hände, zieht sie zu seinem Mund und drückt mir einen beherzten Kuss darauf, bevor er antwortet: »Nein, wir hatten keinen Sex. Nekrophilie gehört nicht zu meinen Leidenschaften.«

Ein Lächeln mildert die harten Worte ab, dann streift sein Blick meinen Körper.

»Du solltest dich jetzt anziehen, mon chou. Baptiste wird dich nach Hause bringen.«

Folgsam gehe ich ins Schlafzimmer, um mich anzuziehen. Das merkwürdige beklemmende Gefühl, das mich nicht mehr loslässt, schiebe ich ganz weit von mir.

Für eine schnelle Dusche bleibt mir leider keine Zeit mehr. Den Termin bei der Beratungsstelle will ich auf keinen Fall versäumen.

Als ich gehe, telefoniert Serge schon wieder und winkt mir nur kurz zu.

Klick, Klack

*I*ch weiß, ich weiß. Nach einer durchzechten Nacht geht man sicherlich nicht zu einem Termin in eine Beratungsstelle.

Immer noch trage ich das schicke Kleid und meine Haare sehen so aus, als hätte ich eine Perücke getragen, länger.

So ist es ja auch.

Aber es kann mir herzlich egal sein. Ich will mich beraten lassen, und zwar weder wegen meiner Bekleidung noch zu Hygienefragen. Es geht um meine Psyche, und anhand dieses Outfits kann wohl jeder Laie sehen, dass es um meine geistige Gesundheit gerade nicht sehr rosig bestellt ist.

»Sie sind gleich an der Reihe«, erklärt mir der Mitarbeiter, der mir die Tür öffnet, »nehmen Sie doch in der Zwischenzeit im Gang Platz.«

Der hat wirklich keine Miene verzogen.

Die sind hier wahrscheinlich schon so einiges gewöhnt und völlig unvoreingenommen und vorurteilsfrei. Das kommt mir sehr entgegen.

Irgendwann geht eine Tür zum Gang auf und ein älterer Herr grüßt mich kurz, bevor er die Beratungsstelle verlässt.

Vielleicht bin ich bald dran.

Glücklicherweise gibt es hier ein paar Klatschzeitschriften, mit denen ich mir die Wartezeit vertreibe und mich gleichzeitig auf den neuesten Stand bringe, was die Welt der Reichen und/oder Schönen betrifft.

»Doris?«

Nee, das kann jetzt nicht wahr sein, oder?

»Matthias!«

Ich tue so, als ob ich mich freue, lege hastig die Zeitschrift zur Seite und stehe auf. Vor mir steht, wie ihr schon ahnt, Matthias. Er ist ein Studienkollege von mir, hat gleichzeitig mit mir den Abschluss in Psychologie gemacht. Und wie der Zufall so will, scheint er nun hier zu arbeiten.

Halleluja!

»Du hast dich zur Beratung angemeldet?«

»Ja … nein … Ja.«

Mit einladender Handbewegung deutet er auf die offen stehende Tür, die ich erst jetzt wahrnehme.

Vielleicht sollte ich ihm irgendetwas Belangloses erzählen?

Andererseits brauche ich jetzt wirklich jemanden, der mir wieder in die richtige Spur hilft. Es wird das Beste sein, über unsere Bekanntschaft hinwegzusehen.

»Such dir eine Sitzgelegenheit aus«, bietet Matthias an und ich wähle die, die am ungemütlichsten aussieht. Nicht, dass ich noch in Versuchung komme, länger als nötig zu bleiben.

Matthias zieht einen Stuhl in meine Nähe und greift nach Stift und Papier. Während er sich setzt, sieht er schon auf die Notizen.

»Du hast einen Termin vereinbart, weil du Beratung in einer … wie hast du gesagt … akuten Belastungssituation hast. Das klingt ganz nach dem Text von unserer Homepage.«

»Äh, ja … bei mir bahnt sich da was an. Eine Krise, sag ich dir.«

Jetzt beuge ich mich ganz nah zu ihm und flüstere: »Midlife-Crisis.«

Matthias' Augenbrauen schnellen in die Höhe.

»Stört es dich, wenn ich mir ein paar Notizen mache?«

»Nein, schreib einen Roman über mein Leben und du wirst einen Bestseller landen.«

Er lacht, klickt die Mine des Kugelschreibers aus und ein.

Das scheint seine Macke zu sein.

Ich erinnere mich, dass er das bei den Vorlesungen schon immer gemacht hat. Andauernd dieses Klick-Klack, Klack-Klick.

Aber gut. Ich bin hier, um mich von ihm beraten zu lassen. Wäre es umgekehrt, dann könnte ich mich schon zu einer Bemerkung in Richtung eines Tics hinreißen lassen.

»Wie kommst du darauf, dass du eine Midlife-Crisis hast?«

»Nicht ich …«, traue ich mich zu sagen, ich elender Feigling, »… meine Freundin.«

»Oh, okay. Dann geht es also um die Freundin. Wie wollen wir sie nennen?«

Natürlich hat er begriffen, dass es um mich geht. Klar!

Wir haben gemeinsam studiert. Er weiß die Dinge, die ich auch gelernt habe. Und wir haben gelernt, dass es in Beratungssituationen manchmal so ist, dass Klienten sich selbst von außen betrachten, weil sie dann nicht von sich sprechen müssen.

Jetzt ist es sowieso schon egal.

»Doris«, maule ich.

»Okay, deine Freundin heißt auch Doris. Wie alt ist die?«

»Neunundzwanzig.«

»Das ist untypisch für eine Midlife-Crisis. Normalerweise ist die eher später im Leben angesiedelt.«

»Doris ist eben nicht normal. Und wer weiß denn genau, wann die Mitte des Lebens erreicht ist? Bei dem einen früher, bei dem anderen später.«

Hab ich etwa gerade darüber gemutmaßt, dass ich nur ca. sechzig Jahre alt werde? Das klingt ja richtig schei... schlecht.

Deshalb korrigiere ich mich.

»Es gibt immer Ausnahmen, das weißt du.«

Matthias nickt und kritzelt etwas auf das Blatt, natürlich nicht, ohne vorher mindestens fünfmal mit dem Kugelschreiber gespielt zu haben. Klick-Klack. Klack-Klick. »Wie äußert sich das mit der vermuteten Midlife-Crisis denn bei ... deiner Freundin?«

Jetzt muss ich loslegen.

»Also, okay, es ist so: Sie hat plötzlich einen sehr merkwürdigen Bekleidungsgeschmack. Mit anderen Worten: Sie würde sich am liebsten kleiden, wie ein Teenager.«

Matthias mustert mein blaues Kleid und sein Blick bleibt an meinen nackten Beinen hängen.

»Wenn sie es sich erlauben kann?«

»Was?«

»Doris. Der Bekleidungsstil hat sich verändert. Auch … ältere Frauen kleiden sich heutzutage modern und solange deine Freundin eine gute Figur in den Sachen macht – warum sollte sie es nicht tragen können?«

»Weil es zu freizügig ist?« Ich denke da an den extrem kurzen Minirock, den ich gerade noch umschiffen konnte.

Wieder betrachtet Matthias mein Kleid und notiert etwas. Klack-Klick. Klick-Klack.

»Es geht dir aber doch sicherlich nicht nur um die in deinen Augen merkwürdige Bekleidungswahl deiner Freundin?«

»Nein. Da ist noch viel mehr. Sie arbeitet als Hostess, und obwohl sie nie Probleme mit dieser Art der Tätigkeit hatte, überlegt sie in letzter Zeit, ob sie etwas anderes machen soll. Deshalb hat sie jetzt auch mit einem Poledance-Kurs angefangen. Ach ja, und mit einem Lapdance-Kurs. Und da ist dieser junge, schnuckelige Tanzlehrer, mit dem sie jetzt für einen Tanzwettbewerb trainiert. Allerdings hat er sie mit einem Kunden gesehen, und weil sie sich da ja immer verkleidet mit Perücke und so …«

Klick-Klack. Klack-Klick.

»Du arbeitest also … ähm …, deine Freundin arbeitet also als Hostess. Interessant.« Wieder schreibt er etwas auf. »Hast du heute vor dem Termin Alkohol getrunken?«

»Nein«, antworte ich schnell.

Natürlich! Ich muss eine Fahne haben, gegen die die Deutschlandflagge farblos wirkt.

Deshalb korrigiere ich mich und lege mir dabei eine Hand vor die Lippen.

»Na ja, gestern Nacht habe ich es etwas übertrieben.«

»Kommt das häufiger vor?«

»Was?«

»Dass du übertreibst?«

»Nein, ich hatte mich geärgert …«

»Du trinkst also, wenn du dich über etwas ärgerst?«

Klick-Klack. Klack-Klick.

»Nein, ich trinke, wenn mir danach ist. Und außerdem habe ich mich über den Tanzlehrer geärgert.«

»Den Schnuckeligen? Wie oft ist dir denn danach, etwas zu trinken?«

»Selten … Warum?«

Der wird doch das Gespräch nicht in eine Richtung Alkoholabusus lenken?

»Sag mal«, will ich wissen, »du hast nicht gerade zufällig eine Fortbildung in Sachen Alkohol gemacht?«

Klick-Klack. Klack-Klick.

Er antwortet nicht. Nur sein sichtbares Schlucken lässt mich ahnen, dass ich recht habe. Es hat keinen Sinn, noch länger ein künstliches Gespräch über eine nicht vorhandene Freundin zu führen. Hinterher entwickelt es sich vom Alkoholmissbrauch zur multiplen Persönlichkeitsstörung. Was ja irgendwie sogar berechtigt wäre, bei den vielen Frauen, die ich bin. Sophia, Michelle, Raffaela und Doris.

»Es ist so, dass ich nicht mehr weiß, wo mein Leben hingehen soll«, klage ich und habe sofort die ungeteilte Aufmerksamkeit von Matthias. Und da erzähle ich ihm alles, was in den letzten Tagen passiert ist.

Er macht sich kaum Notizen, lauscht meinen Worten und fragt nur hier und da nach.

»Es ist beinahe so, als hätte ich meinen roten Faden, meinen Lebensplan verloren. Nie habe ich mir einen Freund oder eine Familie gewünscht. Schließlich war ich mit meinem Hostessendasein zufrieden. Und dann kommt diese blöde Idee, dass es doch noch mehr im Leben geben muss. Und Boris, der ist vielleicht Anfang zwanzig, und trotzdem hat der so greifbare Ziele, weiß, was er will.«

Ich berichte von meinen Terminen mit Serge, von meinem schlechten Gewissen ihm gegenüber, weil er sich in letzter Zeit mehr um mich gekümmert hat als ich mich um ihn.

»Dieser Serge. Liegt er dir sehr am Herzen?«

Am Herzen? Was soll denn die Frage?

»Er ist ein guter Kunde ..., ich versteh mich gut mit ihm. Er ist ... beinahe ein Freund.«

Matthias nickt und macht sich eine Notiz. Dann legt er Papier und Stift zur Seite.

»Doris, ich habe mir jetzt eine halbe Stunde alles sehr genau angehört, was du mir berichtet hast. Und ich nehme ganz deutlich wahr, dass du dein Leben momentan überdenkst. Du bist auf dem Weg zu einer Entscheidung und die wirst du treffen müssen, sonst zerfleischt du dich. Mach dir am besten eine Liste mit den

Dingen, die dir im Leben wichtig sind, wäge Für und Wider deines Hostessendaseins ab, und dann kannst du gerne wieder zu einem Termin zu mir kommen. Ich würde mich freuen.«

»Aber ... was soll ich denn jetzt machen? Ich dachte, du sagst mir, was ich tun soll?«

»Hab ich doch gerade. Alles andere wirst du schon selbst entscheiden müssen. Du weißt genau, dass man im Beratungsgespräch keine Lösungen vorgibt. Aber als dein Studienfreund sag ich dir eines: An deiner Stelle würde ich mir diesen Serge aus dem Kopf schlagen. Geh lieber mit dem Tanzlehrer aus.«

»Serge aus dem Kopf schlagen?«

Das verstehe ich nicht. Wieso Serge?

Matthias lächelt mich vielsagend an, klopft sich dann mit der flachen Hand auf seinen Oberschenkel. »So, ich hab jetzt gleich den nächsten Termin. Vielleicht wäre es ja auch gut für dich, wenn du etwas zur Entspannung machen könntest, damit du dein Gleichgewicht wiederfindest. Wie wäre es mit Yoga?«

»Yoga?«, tönt ein ungläubiges Echo aus meinem Mund.

Ich stehe schnell auf. Mit Yoga habe ich keine guten Erfahrungen gemacht. Leider wurde ich bei der beruhigenden Stimme des Trainers erst so richtig aggressiv, und als er beim ›lächelnden Baum‹ noch anfügte, dass wir nun unsere Blätter austreiben lassen sollen, um zu erblühen, da habe ich so schallend losgelacht, dass er mich aus dem Raum geschmissen hat.

Das ist dann wohl auch hier mein Stichwort.

Matthias hält mir seine Hand hin, vielleicht schon länger, und nach einem festen Händedruck verlasse ich sein Büro.

Auf dem Heimweg mache ich mir intensiv Gedanken über mein Dasein. Seit Jahren lebe ich nur so in den Tag hinein. Richtige Ziele, Lebensziele, habe ich mir eigentlich nie gestellt. Meine Überlegungen bringen mich nicht wirklich weiter, auch, wenn sie mich noch während des Duschens und Kochens begleiten.

Gerade als ich mein Mittagessen – Spaghetti mit Tomatensoße – verspachtelt habe, klingelt es an meiner Wohnungstür. Es ist Boris.

Moment mal! Boris?

Mein Blick spricht sicher Bände. Noch mehr wundere ich mich, dass er tatsächlich eine Pole dabei hat.

»Es war nicht okay, dir zu folgen und dich doof anzureden«, sagt er, bevor mein offener Mund etwas Böses formulieren kann.

Es wird keine Entschuldigung kommen. Meiner Erfahrung nach entschuldigen sich Männer sowieso sehr selten, aber das ist okay. Ich kann die Worte als bedauerndes Beileid werten.

»Es tut mir leid. Das mit der Watschn«, erwidere ich betont.

»Schon vergessen.« Er lächelt. »Der Kuss war nicht schlecht, oder?«

Versöhnt lasse ich ihn in meine Wohnung.

Hab ich schon erwähnt, dass ich nicht sehr nachtragend veranlagt bin?

Boris wird also nicht ewig leiden müssen. Schließlich hat er ja auch was für mich mitgebracht, und ich gedenke, mein Versprechen wegen des Wettbewerbs zu halten.

Die Pole ist sehr leicht zu montieren, und es wundert mich, dass wir keine Schrauben oder Ähnliches brauchen. Boris spannt sie mit aller Kraft zwischen Decke und Boden ein. Zufrieden begutachtet er sein Werk.

Ich springe spontan an die Stange, bevor er den ersten Probelauf daran machen kann. Da holt mich ein Déjà-vu ein. Die Stange hält nicht, was die Packungsbeilage versprochen hat.

Da war doch kein Hinweis zu Risiken und Nebenwirkungen.

Mit enormem Gepolter fällt die Stange, ähnlich dem schiefen Turm von Pisa. Leider krachen wir in die Wand, die sich als nicht ganz so stabil herausstellt, wie sie aussah. Die Tapete ist hin und ein großes Loch klafft auf. Ganz zu schweigen von der Tatsache, dass ich mal wieder unsanft auf dem Boden gelandet bin. Bodenkontakt sag ich nur. Tja, der DAX scheint den Bodenkontakt immer mehr zu verlieren. Ich gewinne regelrecht dazu.

»Was ist das für eine Pole? Die ist ja qualitativ unter aller Kanone«, schimpfe ich, rapple mich auf und betrachte ungläubig das Loch in meiner schönen Wand, in meinem schönen Wohnzimmer, in meiner wunderschönen Wohnung. Gut, es ist nur ein Loch. Das kann repariert werden. Außer dem Loch in der Wand und dem Tapetenschaden ist meine Wohnung wie immer.

Ach ja, der grinsende Typ ist normalerweise nicht da.

»Ihr habt hier keine Betondecken, oder?«

»Nein, Fehlböden.«

»Dann ist klar, dass die Pole ihr Haltbarkeitsdatum bereits in dem Moment überschritten hatte, als du dich mit deinem Riesengewicht drangehängt hast.«

»Riesengew… Du …«

Ganz ruhig – ich weiß, dass ich nicht viel wiege. An so eine offensichtliche Provokation brauche ich keinen Pulsschlag zu verschwenden.

»Also, wenn ich mal eine Abrissbirne brauche, dann weiß ich jetzt, wo ich sie herbekomme.« Zu allem Überfluss fängt er auch noch übertrieben hoch zu singen an. »I came in like a wrecking ball …«

»Hör auf und vergleich mich nie wieder mit einer Birne.«

»Warum nicht? Wenn ich dich von hinten sehe …«, er macht eine wellenförmige Bewegung mit seinen Händen in der Luft.

»Meine Arschbacken hängen?«

Er hat mich eiskalt erwischt.

Irritiert drehe ich mich um mich selbst. Natürlich werde ich so niemals einen Blick auf meinen Po erhaschen.

»Das habe ich nicht gesagt. Dein Arsch ist schon in Ordnung … sehr weiblich.«

»Er ist fett? O Gott!« Jetzt versuche ich, den Umfang dieser Anschuldigung mit meinen Händen zu ertasten.

»Dein Hintern ist perfekt, Doris. Lass dich nicht verrückt machen.«

»Das sagst du so. Ich werde bald dreißig … Dreißig … Drei. Punkt. Null.«

Boris schüttelt verzweifelt den Kopf.

»Lach nicht. Meine Augenlider fangen schon an zu hängen. Es ist nur eine Frage der Zeit, bis mein Arsch einer ausgelegenen Hängematte ähnelt. Es ist so was von Zeit, mir ein Arsch-Double zuzulegen.«

Boris lacht laut auf und biegt sich dabei nach hinten um. »Deine Probleme möchte ich haben.«

»Geschenkt! Kannst alle haben«, maule ich.

Da kommt er mit offenen Armen versöhnlich auf mich zu. Bevor ich reagieren kann, hat er seine Arme um mich geschlungen und berührt meine Stirn mit seinem Mund. Seine Lippen bewegen sich auf meiner Haut, während er spricht und ich muss an den kräftigen Kuss denken, den er mir gestern Abend aufgedrückt hat.

»Du bist eine schöne Frau, Doris ...«, brummt er mit belegter Stimme.

Erstaunt reiße ich meine Augen auf.

»... also für dein fortgeschrittenes Alter, meine ich.«

Erstaunlich, dass er schon wieder denkt, mit mir frotzeln zu können, obwohl wir doch gestern Abend einen lautstarken Krach mit anschließendem Knalleffekt hatten. Ganz zu schweigen von dem Besäufnis, das darauf folgte.

Empört stoße ich ihn von mir weg und gehe mit verschränkten Armen auf Abstand. »Depp.«

Aber mein Lächeln straft mich Lügen. Das herzerwärmende Kompliment ist nämlich sehr wohl bei mir angekommen.

»Du bist auch ganz okay ... für dein jugendliches

Alter«, füge ich locker und schmunzelnd hinzu.

Warum macht mein Bein so hektische Wippbewegungen? Ich bin doch nicht nervös. Ich doch nicht! Doris Partsch ist nie nervös.

Boris starrt mich an. Irgendwie kann ich seinem Blick nicht standhalten. Blöderweise scheint ihn das darin zu bestärken, sich mir wieder zu nähern.

Wipp, wipp, wipp. Mein Bein könnte jetzt in Windeseile im Telegrafenamt anfangen, die Nachrichten der letzten Jahrhunderte aufzuarbeiten. Tipp, tipp, tipp.

Da spüre ich Boris' Hand an meinem Kinn.

Wie geht noch einmal der Morsecode von SOS? Wenn ich laut genug trample, kommt Manu aus der Wohnung unter mir vielleicht auf die Idee, mir zu helfen.

Falls ihr das noch nicht mitbekommen habt. Manu ist in Elas Wohnung gezogen, nachdem sie zu Rick gezogen ist. Eigentlich ist es keine gute Idee, Manu zu kontaktieren. Dann könnte ich hinterher auf einer bestimmten Internet-Plattform sehen, wie doof ich mich hier verhalte, weil er immer noch mit Vorliebe alles mit seiner Kamera festhält. Innerlich scheine ich mir meine Jugend erhalten zu haben.

Zu dumm, dass meine Haut das nicht kapiert.

Als hätte Boris geduldig gewartet, bis ich meine rasenden Gedanken endlich zu Ende gebracht habe, zieht er jetzt an meinem Kinn und führt mein Gesicht direkt vor seines.

Muss der Kerl so lang sein? Ich meine, er ist wesentlich jünger als ich und scheint seine Wachstumshormone mit Zucker gefressen zu haben.

»Was geht in deinem Kopf eigentlich die ganze Zeit vor?«

»Das wüsste ich selbst gerne«, hauche ich zitterig, weil er mir so nahegekommen ist.

Sein kurzes Ausschnaufen wird von dem schief nach oben gezogenen Mundwinkel begleitet. Schon sind seine Lippen auf meinen. Ganz sanft übt er dabei mit seinen Fingern Druck auf mein Kinn aus, führt mich und fordert mich zugleich.

»Du bist so süß«, brummt er unerwartet und mit einem kräftigen Griff seiner Hände um meinen Po hebt er mich hoch und trägt mich zu der kleinen Kommode, die in der Nähe meiner Wohnungstür steht. Ohne Rücksicht auf meine Post und den Hausschlüssel schiebt er mich darauf, während er meine Pobacken wild knetet. Seine Worte haben mich für ihn weichgemacht. Dabei wollte ich nie und nimmer privaten Sex haben, schon gar nicht mit Boris.

Meine körperlichen Bedürfnisse habe ich schon seit Jahren im Job erledigt, auch wenn ich das nicht gern zugegeben habe. Aber so offen begehrt zu werden, ohne dass ich im Zugzwang stehe, erregt mich in diesem Moment mehr als die Aussicht auf eine Wahnsinnsnacht mit einem meiner Kunden.

Boris ist leidenschaftlich hektisch, als er meine Beine immer weiter auseinanderdrängt und sich dazwischenschiebt. Seine Erregung lässt sich nicht vor mir verbergen und ich lasse mich darauf ein. Wir küssen uns stürmisch, verknoten unsere Zungen beinahe miteinander. Mein Herz klopft inzwischen so laut, dass es sich anhört, als würde jemand von innen an meinen Brustkorb hämmern.

Moment mal! Was hämmert da?

Jemand klopft wie verrückt an meine Wohnungstür.

Boris scheint dies erst zu bemerken, als ich mich von ihm löse und ihn wegschiebe.

Vielleicht ist Manu zu Hause und hat tatsächlich einen Morsecode empfangen, als ich vor einigen Minuten wie wild auf den Boden getippelt habe.

»Die Tür. Ich muss sehen, wer da ist«, rechtfertige ich mich und schiebe meinen Po von der kleinen Kommode. Mit einer beschwichtigenden Geste lässt Boris mich los und geht auf Abstand zu mir.

Schwungvoll reiße ich die Tür auf.

»Die Post ist da«, frohlockt Axel aus dem Sex-Shop.

Was macht der denn hier? Ausnahmsweise habe ich doch gar nichts bestellt.

Als ich das Paket in seinen Händen sehe, klappt meine Kinnlade herunter. Das muss Elas Rache sein. In diesem Fall trägt die Rache nämlich nicht Prada, sondern rotes Haar. Natürlich erkenne ich das abgebildete Teil auf dem Paket sofort. Der Name steht auch riesig auf der Packung, springt einem geradezu ins Auge.

Axel sieht Boris hinter mir in der Wohnung stehen, ehe dieser neugierig auf die geöffnete Tür zugeht. Axel liest einen kleinen Zettel vor:

Hallo Doris! Wollte dich besuchen, um mich wieder mit dir zu vertragen. Hab gehört, du hast Männerbe-

such, weswegen ich dir hier dein bestelltes Liebeswerkzeug schicke. Grüße von Ela

Boris steht inzwischen neben mir. Weil ich mich immer noch an der Tür festkralle, drückt Axel dem verdatterten Boris den verpackten Hodenpranger in die Hand.

»Viel Spaß damit«, wünscht er uns lächelnd.

Mein bösester aller bösen Blicke trifft ihn.

Er hat dennoch ein herzliches Grinsen für mich übrig. Irgendwie kann ich mich des Eindrucks nicht erwehren, dass er tatsächlich eine Schwäche für Raffaela hat, und sie ihn in dieses Laientheater eingeweiht hat. Da hüpft Axel schon vergnügt die Treppen nach unten.

Langsam drehe ich mich zu Boris, der immer noch das Bild auf dem Päckchen betrachtet. Täusche ich mich, oder ist er leicht blass um die Nasenspitze.

»Du …«, sagt er sachlich und schluckt dann schwer.

Er kann mir kaum in die Augen sehen, als er sich mir wieder zuwendet. Währenddessen hält er mir den Karton hin und ich greife mechanisch danach.

»Ich … ich muss los …«, höre ich aus seinem Mund.

Obwohl ich intensiv nach Blickkontakt mit ihm suche, wird mir dieser Wunsch nicht erfüllt. Schon greift er nach seiner Jacke und eilt an mir vorbei aus meiner Wohnung.

»Sehen wir uns wie besprochen zu den Proben?«, rufe ich ihm noch nach.

»Ja … Hoden, Shit ich meine Proben … genau …

sicher«, dringt seine Stimme gerade noch zu mir. Dann fällt die Haustür ins Schloss.

Bevor ich meine Wohnungstür mit einem verzweifelten Lächeln leise schließen will, geht Manus Wohnungstür unter mir auf.

»Sag mal? Hast du jetzt auch noch mit Stepptanzen angefangen?«

Ohne Worte knalle ich meine Tür zu.

»Frauen«, ruft Manu, bevor endlich Ruhe im Haus einkehrt.

»Männer«, brumme ich in mich hinein.

Tango Argentino

*I*ch rufe bei Ela an. Diesmal nimmt sie meinen Anruf entgegen. »Nimmst du die Geächtete wieder in deinen Freundeskreis auf?«

Sie kichert, und ich weiß, dass dies bereits geschehen ist.

Wunderbar! Sie hat mich wirklich an den Pranger gestellt und mich genauso öffentlich bloßgestellt, wie ich sie auf der Party – wenn man Boris als Vertretung einer breiten Öffentlichkeit akzeptieren möchte. Wahrscheinlich geht er als Minderheit durch – so als Ballett tanzender Mann.

»Wie hat es dein Gast aufgenommen?«

»Och, ich glaube, es handelte sich um schwer verdauliche Kost, die wird ihm noch eine Weile im Magen liegen.«

Spätestens beim nächsten Training wird sich zeigen, ob er es ausgekotzt oder runtergeschluckt hat.

Wieder kichert Ela. Ich bin froh, dass sie auf meine Kosten ihren Humor mir gegenüber wiedergefunden hat.

»Sind wir quitt?«, frage ich dennoch.

»Ja«, jauchzt sie erfreut auf.

Im Hintergrund höre ich Manu, das ewige Plappermaul, fleißig Kommentare streuen.

Sie ist bei Manu? Diese rothaarige Xanthippe. Sie hat wirklich Glück, dass die Hexenverfolgung ziemlich uncool geworden ist in letzter Zeit. Vielleicht sollte ich eine Un-

terschriftenaktion starten und eine hitzige Debatte über
Hexenverbrennung in der Neuzeit entzünden.

»Ich komm runter«, kündige ich fröhlich an. Gesagt. Getan.

Eine ganze Weile sitzen wir zu dritt zusammen und amüsieren uns über die Vorfälle der letzten Tage. Manu hat zum Glück keine Gelegenheit mehr, einen Videobeitrag daraus zu machen, auch wenn ich mir ziemlich sicher bin, dass er sämtliche Inhalte in seinem nächsten Blog ausschlachten wird.

Es ist ja kein offizielles Training an diesem Tag. Netterweise dürfen Boris und ich trotzdem in die Tanzschule. Dort wollen wir dem abstrusen Plan nachgehen, mich zu einer Tänzerin mutieren zu lassen, die mit Boris auf einem Tanzwettbewerb zumindest mal nicht negativ auffallen wird.

Große Pläne.

Ich wünschte, ich hätte nur die Wassermelone zu tragen. Da käme eine Schwangerschaft ganz gelegen, dann wäre es ungefähr so. Jedenfalls hat es bei Ela immer so ausgesehen. Oder ich könnte wie diese Alexandra aus Flashdance als Schweißerin arbeiten.

Alles erscheint mir momentan einfacher, als hier mit Boris zu trainieren. Es ist leichter, die Freude an einem Brettspiel oder einen Orgasmus vorzutäuschen, als jetzt zu Boris zu gehen.

Die heißen Küsse habe ich nämlich trotz der Prangerepisode nicht vergessen. Und ich bin mir ziemlich sicher, dass ich das Ende dieser wilden Knutscherei besser hätte vorhersagen können als ein Wetterbericht jemals das Wetter. Wir wären bei hitzigen Temperaturen im horizontalen Wohnen gelandet. Hundertprozentig.

Er ist schon da, als ich den Raum mit den Poles betrete.

»Hey«, rufe ich ihm locker zu.

Er grinst frech, was mich sehr beruhigt. Die Sache mit dem Päckchen für das männliche Paket, das in meiner Wohnung liegt, scheint vergessen.

»Willst du mich immer noch an den Pranger stellen?«, fragt er, als er auf mich zugeht.

Okay, zu früh gefreut.

»Nein. In dem Fall müsstest du auf alle viere gehen.«

»Ach, schon die Packungsbeilage gelesen?«

»Natürlich. Nicht, dass ›die Stange‹ auch in sich zusammenfällt und meine Tapete ruiniert. Behalte deinen Schandpfahl lieber bei dir. Zu ›An-den-Pranger-Stellen‹ gehört nämlich auch die öffentliche Vorführung, und ich bin mir sicher, dass sich das weniger gut auf deine Ballettkarriere auswirken würde.«

»Dann wollen wir mal lieber sehen, dass meiner Karriere als Tanzschulleiter nichts mehr im Wege steht.«

Dann weiht Boris mich euphorisch gestikulierend in seinen Schlachtplan ein. Je länger ich ihm zuhöre, umso ruhiger werde ich. Wie der Name Schlachtplan schon sagt, wird es ein Kampf werden, um nicht zu sagen Krieg. Die Taktik, mit der er den Wettbewerb zu gewinnen hofft, ist wagemutig und einfallsreich. Wäre ich kein Teil dieses abwechslungsreichen Programms, hätte ich nichts dagegen einzuwenden gehabt.

Meine Zweifel werde ich für mich behalten. Doris Partsch ist jemand, die zu ihrem Wort steht. Ich habe vor, die Sache von ihrem glorreichen Beginn bis zum bitteren Ende durchzuziehen. Ich werde hier also einen auf ›lächelnden Baum‹ machen und meine Blätter erblühen lassen.

Wir trainieren wie besessen an der Pole und ohne die Pole. Boris wird den Hauptteil des Ballettanteils bestreiten; ich werde hier und da einbezogen, mal mehr und mal weniger.

»Kennst du den?«, beginnt Boris. »Ein gutaussehender Mann fragt eine Frau: Haben Sie schon einen Tanzpartner für diese Runde? Die Frau antwortet mit einem erfreuten ›Nein‹. Der Mann: Sehr schön, dann können Sie ja so lange mein Bier halten.«

»Sehr witzig. Du hältst dich wohl für einen gutaussehenden Mann?«

»Siehst du mich hier mit einem Bier stehen?«

Er nähert sich mir und öffnet einladend seine Arme zur Tanzstellung. Besänftigt trete ich ihm entgegen und reiche ihm meine linke Hand, die rechte wandert auf seine Schulter.

»Kannst du Tango?«

»Den Grundschritt.«

»Gut, das ist besser als nichts. Allerdings kannst du den Standardtango nicht mit dem Tango Argentino vergleichen. Das, was die Briten davon übrig gelassen haben, ist an Erotik kaum noch zu unterbieten. Das, was wir hier vorhaben … wird heiß. So heiß, dass es die versnobte Jury aus den Sitzen reißen wird.«

»Meinst du, dass das die richtige Methode für einen Sieg ist?«

Nachdenklich wandert sein Blick kurz nach oben, während er zu überlegen scheint.

»Vielleicht.«

Wir legen los. Tango, Tango und nochmals Tango. Boris schleift und wirbelt mich herum, zeigt mir, welche Moves ich auf welche seiner Berührungen machen muss. Es ist äußerst schweißtreibend und extrem anstrengend. Zwischendurch ist er genervt von mir. Das merke ich genau, aber seine Geduld scheint grenzenlos zu sein. Immer wieder korrigiert er mich.

Seine Berührungen elektrisieren mich derart, dass ich völlig benebelt in einer Art Betäubungszustand tanze. Wieder und wieder und wieder. Nach gefühlten Stunden entlässt er mich. Er ist verschwitzt und sichtlich ausgepowert.

Aber ist er so am Ende mit seinen Kräften wie ich? Kann ich mir kaum vorstellen.

»Wieso jetzt Tango?«, frage ich schwer atmend. »Ich dachte, wir konzentrieren uns auf das mit der Pole.«

»Du wirst schon noch begreifen.«

Er deutet auf eine Plastiktüte, die neben der Tür an der Wand lehnt.

»Das da drin ist für dich. Probier sie mal durch, ob dir ein Paar passt.«

Neugierig bewege ich mich gummiartig zu der Tüte, bücke mich, wie brüchige Knetmasse und erschrecke.

»Spitzenschuhe?« Der Schrei klang genauso verzweifelt, wie ich mich fühle.

Das kann nicht sein Ernst sein.

Aber da ist er schon neben mir, nimmt mir die Tüte aus der Hand und leert sie vor mir auf dem Boden aus. Bevor ich meinen geplagten Körper wieder durchstrecke, lasse ich mich lieber neben die hübsche Anzahl an Schuhen auf den Boden fallen.

»Ich dachte, Frauen stehen auf Schuhe.«

Planlos wühle ich mich durch den rosafarbenen Schuhberg.

»Eine Frage. Ich steig hier gerade nicht mehr ganz durch. Tango, Poledance und … Ballett? Hab ich etwa irgendwo einen Aufkleber auf dem Auto. ›Ein Herz für Ballett‹ oder so?«

Zu was hab ich mich hier eigentlich genau verpflichtet, denke ich, als Boris sich neben mir niederlässt.

»Okay, hör zu: Wenigstens für ungefähr eine Minute musst du wie eine perfekte Ballerina rüberkommen.«

Diese Aussage entlockt mir ein verzweifeltes Lachen. Er hat keine Ahnung. Aber irgendwie ehrt es mich, dass er tatsächlich meint, ich könnte das hinbekommen.

»Super! Und dann hab ich einen Senkspreizplattfuß.«

»Höchstens einen Phallus Valgus … Shit …«

»Ja, wenn du nicht aufpasst, dann verpass ich dir einen Phallus Valgus. Es heißt Hallux Valgus und meine Oma hatte das ganz schlimm.«

Mit lebhafter Erinnerung denke ich an ihre beiden

großen Zehen, die stark zu den restlichen Zehen gebogen waren und das Gelenk unschön hervortreten ließen.

»War die etwa eine Prima-Ballerina?«

Kopfschüttelnd verneine ich und Boris klopft mir auf die Schulter.

»Na siehste. Du kriegst das auch ohne Hallux Valgus hin. Und deine Senkspreizplattfüße massiere ich dir höchstpersönlich, wenn du das durchgestanden hast.«

Das ist aber mal ein Angebot.

»Deal!« Ich reiche ihm zufrieden meine Hand.

Sofort greift Boris nach einem Paar der Spitzenschuhe. »Die sehen so aus, als ob sie passen könnten.«

Sprachlos erkenne ich, dass er das größte Paar in den Händen hält. Aber bevor ich mich darüber aufregen kann, legt er es sofort zwinkernd beiseite.

Nach einigem Suchen finden wir tatsächlich ein Paar, in das ich meine Bisher-ohne-Befund-Füße reinbringe. Boris erklärt mir, wie ich den Schuh binden muss, und hat eine Tüte mit einer Art Zehenschoner dabei.

»Trainier daheim das freie Stehen auf den Zehenspitzen, ja?«

»Daheim trainieren ist kein Problem. Frei stehende Doris ist im Inventar inbegriffen.«

Boris lacht und steht auf. »Na na, du wirst schon nicht gleich dasselbe Schicksal erleiden wie die Pole.«

Während er den Raum in Richtung Umkleide verlässt, sehe ich allerdings diese Bestimmung meinerseits sehr lebhaft vor mir.

Boris ruft mir noch etwas zu und holt mich aus

diesem Tagtraum. »Heute kommst du mir nicht davon. Ich lad dich noch auf ein Getränk ein.« So sei es.

Kurze Zeit später sitzen wir frisch geduscht zusammen in der Bar neben dem Studio, und Boris prostet mir mit seinem Bier zu. Ich hab mich mal lieber für eine langweilige Schorle entschieden, bevor ich wieder vom Laternenmast gepflückt werden muss. Diesmal hätte ich dabei bestimmt auch noch die Spitzenschlappen an.

»Was grinst du so?«, will Boris wissen.

»Ach, die Aktion mit dir neulich vor dem Restaurant hat mir einen unvergesslichen Abend eingebracht.«

»Echt jetzt? Ich dachte, der Typ wäre sauer auf dich gewesen.«

»Der Typ heißt übrigens Serge, und nein, er war nicht sauer. Er war sogar sehr … lieb irgendwie.« Nachdenklich fällt mir wieder ein, wie er meine Tränen getrocknet und mich dabei so intensiv beobachtet hat.

»Serschej ist doch ein völlig bescheuerter Name …«

»Er heißt Särsch oder so ähnlich. Ich kann das auch nicht so gut aussprechen. Aber immer noch besser als Boris und Doris.«

»Find ich gar nicht so schlimm. Ich hatte mal einen Freund aus Kroatien, der hieß Jasmin und seine Freundin hier in Deutschland hieß auch Jasmin. Dagegen sind Boris und Doris doch harmlos.«

Recht hat er, stelle ich nickend fest.

»Noch mal zu diesem Serge …«, holt Boris mich zum Thema zurück, »der zahlt für …, also du legst ihm dieses … Ding an?«

Kurz weiß ich nicht, was er meint, bis es mir wie Schuppen von den Augen fällt.

»Ach, Quatsch, nein! Dieser Pranger war die Rache meiner Freundin Ela. Den lege ich wirklich niemandem an. Ich werde ihn wieder verkaufen. Ist ja noch ungebraucht.«

Boris scheint beruhigt zu sein, weil er aber immer noch so interessiert aussieht, erzähle ich ihm alles, von Anfang an. Die ganze nackte Hostessenwahrheit.

Aufmerksam hört er mir zu. Nur eine Frage liegt ihm am Ende meines Berichts noch auf der Zunge.

»Und du schläfst mit denen?«

»Nicht mit allen.« Ich zucke mit den Schultern.

»Wer entscheidet das? Der Geldbeutel, die Agentur?«

»Ich.«

»Das glaubst du doch nicht wirklich.«

»Ich entscheide das und ich habe kein Problem damit.«

»Warum verkleidest du dich dann?«

Mit dieser Frage habe ich nicht gerechnet.

»Ich …«

Ja, warum verkleide ich mich, wenn ich doch keine Schwierigkeiten mit dem Beruf habe.

Boris ergreift plötzlich meine Hand, die vor mir auf dem Tisch liegt.

»Ich sehe das so: Du lebst nicht das Leben der Doris Partsch, sondern viele andere … kleine Teilleben.«

Wie gerne würde ich ihm meine Hand entreißen und ihm sagen, dass er einem Irrtum erliegt und hier jetzt keinen auf Hobbypsychologe machen muss. Aber tief in mir spüre ich, dass er es gut mit mir meint und dass er mich durchschaut hat.

»Mich will doch kein Mann haben«, platzt es verzweifelt und hart aus mir heraus.

Boris' Gesichtsausdruck lässt mich vermuten, dass er sehr wohl erkannt hat, dass es mir ernst ist, aber er scheint mich mit Humor ablenken zu wollen.

»Ich gebe es ja zu. Du bist ziemlich störrisch und viel zu ehrlich. Dein Arsch hängt schon und deine blühende Midlife-Crisis ist echt anstrengend, aber ansonsten bist du eine Traumfrau, Doris. Du siehst dich mit den falschen Augen.«

»Ich sehe mich mit den einzig richtigen Augen. Ich bin unfruchtbar und kann niemals Kinder bekommen. Wer will denn eine Frau wie mich schon haben?«

Kurz bleibt er still. »Ein unfruchtbarer Mann? Sorry, das war jetzt übers Ziel hinausgeschossen.«

Seine Entschuldigung lässt mich bitter auflachen, weil ich finde, dass er gar nicht so unrecht hat.

»Soll ich eine Anzeige schalten? Unfruchtbare Frau sucht ebenfalls solchen Mann fürs gemeinsame Nicht-Kinderkriegen. Klingt nach einem glücklichen Leben. Und nein, wir haben nicht vor, uns einen Hund anzuschaffen.«

»Du könntest doch Kinder adoptieren«, schlägt Boris vor.

»Darüber habe ich auch schon nachgedacht, ehrlich gesagt. Aber irgendwie bräuchte ich dazu auch erst einmal einen Mann, finde ich.«

»Du machst dir zu viele Gedanken. Jeder Mann,

der dich wirklich liebt, der liebt doch dich als Person und nicht die Gebärmaschine.«

»Ich weiß nicht.«

»Aber hallo! Natürlich. Schau, wenn ich jemanden kennenlerne, dann frage ich mich nicht, ob sie Käsefüße oder Herpes hat …«

»Wie kommst du jetzt auf Herpes?«, frage ich etwas laut und kann es prompt nervös in meiner Lippe kribbeln spüren.

»Nur ein Beispiel.«

»Du kannst doch Unfruchtbarkeit nicht mit einem Virus vergleichen.«

So langsam werde ich echt ärgerlich.

»Reg dich nicht auf. Alles, was ich dir damit etwas ungeschickt sagen möchte, ist: Wenn ein Mann dich liebt, dann liebt er dich so, wie du bist.«

»Meinst du?«

Ich kann es mir nicht vorstellen.

Mein letzter fester Freund war sofort über alle Berge, als ich ihm von meiner Unfruchtbarkeit erzählt habe. Gut, das ist schon eine Weile her; und mit seiner jetzigen Ehefrau und den drei gemeinsamen Kindern kommt er mir meist eher gestresst vor. Mit aktuelleren Männererfahrungen in diese Richtung kann ich nicht dienen.

»Was ist mit diesem Serge?«, lenkt mich Boris jetzt ab.

»Was soll mit ihm sein?«

»Na, der kam ja wie eine Tarantel aus dem Lokal gestürzt, als wir rausgegangen sind.«

»Echt?« Das war mir nicht aufgefallen.

Erst als er zu mir kam, weil ich am Heulen war, ist mir seine Anwesenheit bewusst geworden.

»Der ist nicht von hier?«

»Nein, er wohnt immer im Hotel ›Vier Jahreszeiten‹«, antworte ich mechanisch, weil ich in Gedanken immer noch versuche, mir vorzustellen, wie Serge wohl aussehen mag, wenn er wie eine Tarantel aus dem Lokal kommt. Er ist doch immer so ruhig.

Boris lächelt mich an, als ich endlich wieder in der Gegenwart ankomme. Und dann beginnt er, mich mit lustigen Anekdoten aus seinem Leben zu erheitern. Mir gefällt besonders, dass er sein Dasein als Junge mit Begeisterung fürs Ballett aufs Korn nimmt.

Wir unterhalten uns noch lang an diesem Abend und lachen viel gemeinsam. Während wir dies tun, kann ich eine Veränderung in unserer Beziehung feststellen. Das elektrisierende Kribbeln verschwindet und so etwas wie ein gegenseitiges Einvernehmen entsteht. Daraus könnte eine richtig gute Freundschaft werden.

Obwohl ich meine, dass diese Entwicklung nichts mit meiner Unfruchtbarkeitsoffenbarung zu tun hat, werde ich das Gefühl nicht los, dass etwas passiert ist, das Boris ein deutliches Signal gegeben hat. Wenn ich nur wüsste, was er an mir wahrgenommen hat, als wir uns unterhalten haben.

Boris begleitet mich noch bis zu meinem Wohnhaus.

»… jeder, der also Ballett schwul findet, sollte sich mal darüber Gedanken machen, was schwuler ist: Fußballer, die meist mit zehn anderen Männern duschen, während ich meist mit einem Mädchen tanze.«

Befreit lache ich auf. »Danke, fürs Heimbringen.«

Mit einem frechen Zwinkern nickt Boris mir zum Abschied zu und wendet sich zum Gehen.

Kurz sehe ich ihm nach.

»Wenn du merkst, dass du dich im Kreis drehst, ist es Zeit, aus der Reihe zu tanzen«, ruft er mir noch zu, als ich nach meinem Hausschlüssel wühle.

An diesem Abend denke ich noch lange über seine Worte nach.

Fred Astaire und
die Aufhebung der Schwerkraft

Am nächsten Morgen wache ich mit meinem neuen Haustier auf – dem Muskelkater.

Der war doch neulich schon mal da. Scheint sich hier einnisten zu wollen. Ist mir lieber als der Alkoholkater.

Nach einer heißen Dusche fühle ich mich schon besser und versuche mich sogleich an ein paar Ballettübungen. Die Schuhe sind eine einzige Qual. Also, ich mag es nun mal, wenn ich mit meinen Zehen auch Platz in den Schuhen habe.

Ist das etwa zu viel verlangt? Scheint so.

Hier kann man nicht gerade von Bewegungsfreiheit sprechen. Es schmerzt schon sehr, auf den Plattformen vorn auf den Schuhen zu stehen. Mit Aufstützen auf meiner Kommode mag das noch irgendwie gehen, aber frei stehend, wie von Boris gewünscht.

»Autsch«, jammere ich und tappe auf den Spitzen von einem Fuß auf den anderen, »wer hat den Schmarrn denn erfunden?«

Meine Übungen werden durch Besuch unterbrochen, der sich soeben durch Betätigung meiner Türglocke bemerkbar gemacht hat.

Wie schön!

Ich schlappe lautstark mit den Ballettschuhen zur Tür und da steht Ela, mit Emma auf dem Arm. Meine Schuhe fallen bei der Begrüßung gar nicht auf. Erst, als ich ein paar Schritte gehe, wird Elas Aufmerksamkeit auf meine Füße gelenkt.

»Sind das …?«

»Jaaaa«, kontere ich laut.

Emma quietscht vor Vergnügen auf.

Ihr kann ich es verzeihen. Gut, dass ihre Mutter den Mund hält, wenn dieser auch etwas zuckt.

»Du hast da ein Loch in der Wand …«, sagt Ela vorsichtig, während sie ihrer Emma das Jäckchen auszieht und ich den Kaffee aufsetze.

Sie hat also das Ausmaß meiner Turnübungen bemerkt.

Ich deute auf die Pole, die in einem Eck lehnt. »Ja, ich wollte mit der Pole trainieren.«

»Ach so …« Ela nickt geschäftig. »Und jetzt bist du aus Sicherheitsgründen auf Ballett umgestiegen.«

Beim Kaffeetrinken berichte ich Ela von dem Wettbewerb und dem Plan, der eigentlich keiner ist. Sie lauscht. An ihrem Gesicht kann ich erahnen, dass sie mich für irre hält. Was aber nicht weiter beunruhigend ist. Ich weiß, sie wäre für jede meiner Schandtaten selbst zu haben. Ganz bestimmt.

Weil Emma so friedlich mit der Kartonage spielt, in der sich immer noch der Hodenpranger befindet, haben wir genug Zeit für ein ausführliches Gespräch am kleinen Esstisch.

»Hab ich dir eigentlich schon erzählt, dass ich als Kind einige Jahre Ballett gelernt habe?«

»Nein.«

»Doch. Du hast Glück. An ein paar Sachen kann ich mich noch erinnern und diese Spitzenschuhe hatte ich auch drei Jahre an den Füßen.«

»Durchgehend?«, scherze ich und stehe auf.

Ela hilft mir beim Abspülen der Tassen. Anschließend bekomme ich einen Crash-Kurs in Ballett. Sie zeigt mir die verschiedenen Positionen der Füße und einige kleine Sprünge und Bewegungen. Weil wir ziemlich viel Krach machen, gesellt sich Manu bald zu uns. Natürlich achte ich darauf, dass er mich nicht filmt, der alte Blogger. Seine Kommentare versuche ich, auch nicht weiter zu beachten.

»Kennst du das Musikvideo von Taylor Swift zu ›Shake it off‹?«

»Nein, warum?«

»Na, weil du mich ganz schön an sie erinnerst. Sie macht da auch einen auf Balletthäschen …«

»Nenn mich nicht so«, wehre ich mich und versuche eine Drehung, wie Ela sie mir wunderschön vorgemacht hat.

In die Hände klatschend lacht Manu auf und deutet auf mich. »Sieh dir das Video an. Eins zu eins.«

Leider erwische ich Manu nun doch, wie er mich filmt.

»Lass deine kleinen Finger die Bewegung führen«, erklärt mir Ela, wie ich die Armbewegungen richtig durchführe.

Elas einfache Anweisungen helfen mir echt weiter.

»Deine technischen Schwierigkeiten sollen durch das Spitzentanzen unsichtbar und nicht hervorgehoben werden«, sagt sie dann.

»Überwinde die Schwerkraft Baby«, ergänzt Manu.

Außer Atem erschlaffe ich.

»Ja, beam mich rauf, Scotty.« Ich seufze.

»Schon Fred Astaire hat gesagt, dass der Tanz ein Telegramm an die Erde ist, mit der Bitte um Aufhebung der Schwerkraft«, weiß Manu sofort mit erhobenem Zeigefinger zu berichten.

Gerade, als Ela und Manu sich mit motivierendem Abschiedsgesang verabschiedet haben, erhalte ich eine Kurznachricht von meiner Agentur. Nebenbei habe ich meinen PC hochgefahren, weil ich mir natürlich das besagte Musikvideo von Taylor Swift ansehen möchte. Ich lese die Kurznachricht, während das Video lädt.

Serge hat mich für heute Abend gebucht. Die Zeit und der Treffpunkt machen mir deutlich, dass er wohl einen zweiten Anlauf im Asia-Restaurant starten möchte. Sein Wunsch nach einem natürlichen Outfit lässt mich vermuten, dass ich mein Raffaela-Ego zu Hause lassen soll. Die Agentur wird mit diesem Wunsch nichts anfangen können, aber für mich hört es sich so an.

Werde ich ihm diesen Gefallen tun? Ja.

Schließlich wäre es langsam lächerlich, mich in seiner Gegenwart zu verkleiden. Das macht es für mich auch einfacher. Nach dem Training mit Boris muss ich mich nicht mehr lang umziehen.

Allerdings werde ich Manu bei der nächsten Begegnung das Fell über die Ohren ziehen. Fassungslos betrachte ich Taylor Swift, die sich offensichtlich einen Spaß daraus macht, in makellosem Ballettoutfit, dafür aber mit weniger graziösem Tanzstil aufzutreten.

Was soll ich davon halten? Meine ernsthaften Bemühungen sehen also so aus, wie diese Spaßversion der Swift?

Hoffnungsvoller hätte Manu mich nicht unterstützen können. Der Tanzauftritt wird wie eine unfreiwillige Parodie wirken. Das muss Boris doch wohl klar sein.

Am liebsten hätte ich mir Boris sofort zu Beginn des Trainings gekrallt, aber die kichernde Gruppe von jungen Poledance-Tussis ist wieder da und beschlagnahmt ihn. Das lustige Geschnatter findet glücklicherweise sofort ein Ende, als Melanie den Raum betritt.

Boris gesellt sich zu mir.

»Ist die Katze aus dem Haus, tanzen die Mäuse auf den Tischen«, flüstere ich.

Er versteht und grinst. »Wie geht es mit deinem Tanz, Maus?«

»Gut … besser … Taylor Swift.«

Weil Boris sofort losprustet, kann ich davon ausgehen, dass er weiß, wovon ich spreche.

Kennt denn wirklich jeder dahergelaufene Balletthopser dieses Video?

Die Antwort wird mir auf ewig erspart bleiben, weil Melanie zackig mit dem Aufwärmen beginnt.

Das anschließende Training an der Pole macht mir Hoffnung, denn es geht bergauf mit mir. Irgendwie zumindest. Sogar der respektvolle Blick von Boris bestätigt mir diese Wahrnehmung, zusammen mit den ungläubigen Blicken der anderen Lernmäuschen.

Tja, ich trainiere wohl ein paar Mal mehr in der Woche als die.

Es wird wohl jedem Zuschauer klar sein, dass sich diese wundersame Verbesserung meiner Leistungen nicht von selbst eingestellt hat.

Nach dem Training packe ich meine Ballettschuhe aus. Boris hatte mich gebeten, sie mitzubringen, um ihm zumindest noch kurz zu zeigen, ob ich auf den Zehen stehen kann. Weil es Ela mir heute ja noch einmal gezeigt hat, kann ich die Schuhe inzwischen selbst binden.

Ungelenk gehe ich zu Boris, der abwartend dasteht, und halte mich an seinen Schultern fest. Mit Schwung und Spannkraft schiebe ich meinen Körper nach oben und denke an Fred Astaire und seinen Appell an die Schwerkraft. Schon stehe ich auf den Spitzen.

Boris' Blick wandert von meinen Füßen anerkennend in mein Gesicht, dann betont ein spöttisch verzogener Mund seine Miene.

»Was?«, presse ich gequält hervor.

»An deinem Gesichtsausdruck musst du noch arbeiten. Wenn du so schaust, meint das Publikum, du leidest an Meteorismus.«

Immer noch bemühe ich mich, auf den Spitzen zu bleiben. Boris löst meine Hände von seinen Schultern, um sie selbst zu halten. Eine wackelige Angelegenheit.

»Ich erinnere dich an eine Leuchterscheinung in der Erdatmosphäre?«

Ob das laut Fred Astaire schon etwas mit der Unwirksamkeit der Schwerkraft zu tun haben könnte? Zumindest scheine ich auf dem richtigen Weg zu sein.

Sein leises Kichern lässt mich anderes vermuten.

»Nein, Meteorismus sind ganz abnormale Blähungen, Maus.«

Er lacht schon wieder und ich sehe mein Gesicht im Spiegel, dessen Fläche in dem Raum ja nicht gerade klein ist.

Tatsächlich!

Okay, ich kann ja nicht beurteilen, wie ich schaue, wenn ich mich ... sagen wir einmal ... länger auf der Toilette aufhalte, aber vielleicht könnte dieses Gesicht tatsächlich in die Richtung Flatulenz gehen.

Vielleicht hätte ich doch beim Yoga bleiben und den ›lächelnden Baum‹ bis zur Vollkommenheit üben sollen.

Meine Beine verlieren bei diesem Gedanken augenblicklich ihre Spannkraft und meine Füße senken sich. Boris hält immer noch meine Hände und sein Gesicht kommt mir ganz nahe.

»Beim Tanzen geht es darum, mit dem ganzen Körper Emotionen darzustellen. Dein Gesicht soll diese Emotionen widerspiegeln.«

»Schmerzen?«

»Ja«, er grinst, »in deinem Fall mag das so sein, aber damit werden wir die Jury nicht überzeugen. Ein neutraler Ausdruck würde mir bei dir schon reichen. Momentan schwankt er immer zwischen verbissen und panisch, auch an der Pole.«

Er lässt mich los. »Für heute hast du genug trainiert. Sehen wir uns morgen?«

Ich bestätige nickend und verlasse wie gewohnt das Studio.

Ob es Serge stört, wenn ich mit meiner Trainingstasche daherkomme? Muss ihn aber nicht interessieren, weil diese von Baptiste bewacht wird.

Ich sehe herrlich unspektakulär aus, völlig normal. Doris Partsch, wie sie leibt und lebt eben, ohne Konservierungsstoffe und sonstige künstliche Zutaten.

Obwohl ich heute pünktlich bin, ist Serge schon da und erwartet mich.

Als er sich von seinem Platz erhebt, um mich zu begrüßen, verlangsame ich kurz meinen Schritt. Er hat eine Jeans an, wie ich. Noch nie habe ich Serge in einer Jeans gesehen. Das irritiert mich, aber wenigstens hat er keinen Flechtkorb mit seinen Einkäufen dabei.

Natürlich ist das Lokal nicht so nobel, dass wir in legerer Kleidung auffallen würden, aber Serge fällt mir auf. Er sieht so herrlich normal aus, genau wie ich. Aber er ist nicht normal, muss ich mir ins Gedächtnis rufen. Meine Anwesenheit hier ist bezahlte Arbeit und seine lockere Art irgendwie schwer einzuordnen.

»Mon chou«, brummt er zufrieden und reicht mir die Hand, »wie ich sehe, hast du dir meinen Vorschlag bezüglich deines Auftretens zu Herzen genommen. Das freut mich. Und noch mehr begrüße ich die Tatsache, dass deine Uhr wieder einwandfrei zu funktionieren scheint.«

Mein Lächeln ist ehrlich. An seine häufig etwas gestelzte Art zu sprechen, werde ich mich nie gewöhnen. Zusammen mit seinem Akzent klingt das wirklich zuckersüß, und ich bin mir sicher, dass er das nicht mit Absicht macht. Manchmal frage ich mich aber schon, in welchem Jahrhundert er die deutsche Sprache gelernt hat.

»Sie hat noch nie besser funktioniert«, betone ich und blicke auf meine einfache Armbanduhr.

»Doris!«, ruft im Restaurant jemand.

Da sehe ich ihn schon, Matthias, den Klick-Klack-Neurotiker aus der Beratungsstelle. Für dieses Zusammentreffen werde ich wohl keine kausale Erklärung finden, außer der Tatsache, dass das Buffet hier einen sehr guten Ruf hat.

Zusammen mit einem gefährlich überfüllten Teller kommt Matthias zu uns an den Tisch. Kurz bleibe ich noch lächelnd stehen, reiche ihm die Hand und setze mich dann. In dieser Zeit denke ich hastig darüber nach, was ich ihm eigentlich während dieser Beratungszeit alles erzählt habe. Die Erkenntnis trifft mich prompt.

Ich habe ihm einfach alles erzählt.

Leider gerate ich etwas ins Stocken.

»... Matthias, das ist ... Serge. Serge, das ist ein früherer Studienkollege von mir ... Matthias.«

Matthias schleckt sich etwas Soße vom Daumen, bevor er Serge die Hand reicht.

»Sehr erfreut«, murmelt er. Der belustigte Blick mit den wackelnden Augenbrauen, den er mir kurz zuwarf, spricht Bände.

Sogar Serge schielt verwundert zu mir, während er das Wort an Matthias richtet.

»Die Freude ist ganz auf meiner Seite.«

Obwohl ich tatsächlich tief durchschnaufe, als Matthias endlich wieder geht, kann ich mich nicht völlig entspannen. Seine Anwesenheit hemmt mich.

»So still heute, mon chou?«

Ertappt.

»Äh, ja, tut mir leid. Mein Leben ist momentan …«

Was soll das? Doris, du kannst hier nicht rumjammern.

»Schon gut«, raunt mir Serge zu, und seine Hand drückt meine kurz, aber dafür kräftig.

Es ist aber nicht gut.

Doch bevor ich Serge mal wieder den Abend ruiniere, schalte ich vorsichtshalber in meinen normalen Konversationsmodus.

Serge reagiert zwar auf mich, scheint aber nicht hundertprozentig im Gespräch zu sein. Immer wieder schielt er hinter mich. Ich kann nur vermuten, dass dort Matthias sitzt, der sich sehr angeregt mit seiner weiblichen Begleitung zu unterhalten scheint.

»Dieser Matthias …«, beginnt Serge plötzlich, »… ein Studienkollege sagst du? Was habt ihr denn studiert?«

Gern würde ich mich einfach ganz normal mit Serge unterhalten, aber er hat in letzter Zeit sowieso schon viel zu viel privaten Mist von mir erfahren. Wieder erinnere ich mich an den Klang meiner eigenen Worte, die ich damals Ela mit auf den Weg gegeben habe, als sie meinen Job für einen Abend übernommen hat.

Beantworte keine privaten Fragen … Wenn er etwas Privates wissen will, rede dich heraus. Sei kreativ, aber lass dich nicht als Lügnerin entlarven.

Allen Ernstes habe ich das damals zu Ela gesagt? Die Arme. Es ist schwer, jetzt nicht zu lügen und irgendwie macht es doch auch keinen Sinn. Warum sollte Serge denn nicht wissen, dass ich Psychologie studiert habe?

Als Serge laut ausatmet, bemerke ich, dass ich ihm nichts geantwortet habe. Mein Mund geht auf, und irgendeine Antwort will formuliert werden, als Serge aufsteht.

»Mein Hunger bringt mich noch um.«

Sprachlos sehe ich ihm nach. Ganz kann ich mir nicht erklären, warum er keine Antwort mehr wollte.

Wusste er etwa, dass ich ihm nicht die Wahrheit sagen würde, oder wollte er mich aus dem Zwang, eine Antwort schuldig zu sein, entlassen?

Eine Weile beobachte ich ihn, wie er das Buffet inspiziert. Dann stehe ich ebenfalls auf, um mir eine Suppe zu holen.

»Hey, Maus«, zischt es nah an meinem Ohr, während ich die heiße Suppe in das Schälchen fülle. Hinter mir steht ein Mann, den ich nur zu gut kenne, dessen Nähe ich nur zu gut kenne, weil er mein verflixter Tanzpartner ist.

»Was machst du denn hier?«

»Suppe holen«, erklärt er locker.

Ich blicke irritiert auf das unbenutzte Schälchen in seinen Händen.

»Bist du bald fertig?«, will er künstlich genervt wissen.

»Boris! Ernsthaft, was willst du hier?«

Boris schiebt mich von dem großen Suppenbehälter weg und nickt auf die Kelle in meinen Händen.

»Vorsicht. Du tropfst.«

Dann nimmt er mir die Kelle aus den Händen und füllt sich etwas von der Suppe ein.

»Keine Panik, Doris. Ich will wirklich einfach nur etwas essen. Als ich dich hier neulich abends getroffen habe, da roch es so lecker. Mehr steckt nicht dahinter. Indianerehrenwort.«

Sprachlos und planlos bin ich nicht mehr in der Lage, irgendetwas zu tun.

»Du darfst dich setzen und deine Suppe essen«, ermuntert mich Boris.

Erstaunlicherweise folge ich brav. Bis ich sitze und mich nach Boris umsehe, hat er sich schon zu Serge und Matthias an das mongolische Buffet gestellt.

Moment mal! Matthias unterhält sich blendend mit Serge? Und Boris? Während ich mich auf meine Suppe konzentriert habe, werden hier die Dreharbeiten für einen neuen Teil von ›Drei Männer und …‹ aufgenommen. Wie wäre dann in diesem Fall die Bezeichnung für mich? Drei Männer und die Hostess. Drei Männer und eine Frau in der Midlife-Crisis. Nein, eigentlich sagt doch ›Drei Männer und Doris Partsch‹ schon alles aus. Mehr gibt es dazu gar nicht zu sagen.

Meine Gedanken werden von männlichem Gelächter am Mongolenbuffet unterbrochen.

Na, die scheinen sich ja prächtig zu verstehen.

Warum, wird mir sofort klar, als ich begreife, dass die sich über mich so prächtig unterhalten.

»Was, ehrlich? Psychologie?«, fragt Serge laut und unsere Blicke treffen sich.

*Aha! Er hat also jede Menge Männer aufgetan, die
mein Privatleben so gut schützen wie mein Antiviruspro-
gramm meinen PC.*

Kurz überlege ich, ob ich da einschreiten muss, entschließe mich aber dazu, mit erhabener Gleichgültigkeit
meine Suppe zu schlürfen und mich nicht weiter zu ärgern.

*Wer sagt überhaupt, dass ich mich hier ärgern muss?
Es ist doch alles in bester Ordnung.*

Das verräterische Kribbeln in meiner Lippe ignoriere ich. Ein Herpes wird jetzt nicht bezeugen, wie arg ich
unter Stress stehe. Außerdem soll ich ja sowieso einen
neutralen Gesichtsausdruck üben. Die perfekte Gelegenheit dafür.

Der lächelnde Baum bemächtigt sich meiner und
ich kann die Stimme meines ruhigen Yoga-Trainers
förmlich hören.

Fühle dich gut verwurzelt, spüre die Erd…

»Ballett«, ruft Serge laut und lacht.

Na wunderbar! Das wird ja immer besser.

Mein gedankliches Bonsai-Bäumchen ist soeben
eingegangen. Meine nächste Figur wird wohl eher ›der
wütende Kranich‹ werden.

*Gebt es doch zu! Es soll bloß noch mal einer behaup-
ten, dass Männer nicht genauso Quasselstrippen sind, wie
wir Frauen.*

Das Geheimnis hinter einem mongolischen Buffet
wird mir jetzt auch ersichtlich. Früher dachte ich ja immer, das wäre hauptsächlich männlich besucht, weil es
irgendwie gut fürs Männerego ist, etwas Mongolisches

zu essen. Das klingt ja so wild und urwüchsig. Mir geht es zumindest so.

Wenn ich an einen Mongolen denke, würde mir eher weniger Woody Allen einfallen, sondern eher so jemand wie Steven Segal. Aber es scheint den Kerlen gar nicht um die Zugehörigkeit zum Stamm der Mongolen zu gehen. Die wollen gar nicht in eine Höhlenmenschmentalität fallen und sich einreden, sie hätten den Fisch gerade selbst gefangen. In Wirklichkeit lassen die sich das rohe Zeug nur braten, damit sie in der Zwischenzeit mit ihren Artgenossen ungestört lästern können.

In Zukunft werde ich nur noch in Lokale gehen, in denen das mongolische Buffet à la Chuck Norris angeboten wird. Ein Anbraten wird dort bestimmt nur milde belächelt. Wer ein echter Kerl sein will, isst roh. Das mit dem Rausbraten hat er sich wirklich ganz geschickt ausgedacht, der Dschingis Khan. Scheint ein schlaues Kerlchen gewesen zu sein. ›Lasst noch Wodka holen Ho, Ho, Ho, Ho, Ho, denn wir sind Mongolen Ha, Ha, Ha, Ha, Ha‹. Passend zu dem Lied, das sich mir ganz automatisch ins Gedächtnis drängt, lachen die drei Herren auf.

Es grenzt an ein Wunder, dass Serge allein an unseren Tisch zurückkehrt. Meine Vermutungen gingen schon in Richtung einer fröhlichen Männerrunde mit Doris. Dann hätte ich aber mal ein ernstes Wort mit Serge reden müssen. Schließlich hat er mich nicht als Betreuung von Gästen für eine Großveranstaltung gebucht, sondern für eine exklusive 1:1-Betreuung.

Eine Frage brennt mir aber schon die ganze Zeit auf der Zunge. Von meiner brennenden Oberlippe, die sich verdächtig wölbt, ganz zu schweigen.

»Du scheinst dich ja sehr gut mit Boris zu verstehen.«

Unbeeindruckt von meiner Neugier, isst Serge mit viel Appetit sein Mongolenmenü à la Dschingis Khan und ich weiß nicht, warum mir die Textzeile aus dem Lied in den Kopf kommt. ›Er zeugte sieben Kinder in einer Nacht.‹

Irgendwie hört sich das doch eher stressig für mich an, aber wenn er auch so viele Muscheln wie Serge gegessen hat, hat er das bestimmt mit links gemacht … ich meine mit Hüfte gemacht.

»Wir haben eine Gemeinsamkeit.«

Fragend warte ich ab, ob eine weitere Erklärung folgt, aber Serge speist weiterhin genüsslich. Irgendwann sieht er mich kurz an. Ich merke, dass er sich schon wieder seinem Essen widmen will, aber sein Blick beißt sich an meiner Lippe fest.

»Hat dich jemand geschlagen?«

Instinktiv berühre ich kurz meine Oberlippe.

Lippenbläschen meldet sich zum Dienst.

»Oh, nein, das ist …«

»Du bist Allergikerin? Warum hast du das denn nicht gesagt. Was ist es … Nüsse?« Er hängt mir förmlich an den Lippen, als ich meine Antwort formuliere.

»Nein …«, erkläre ich peinlich berührt, obwohl mir so ein Lippenbekenntnis jetzt gelegen käme. Genau in so eine Lage wollte ich niemals kommen, weshalb ich ja damals auch Ela gebeten hatte, mich zu vertreten. Nie und nimmer wollte ich meinen Kunden gegenüber eine dicke Lippe riskieren.

»Hast du ein Antiallergikum dabei?«

Er macht es mir zu einfach.

»Nein, es geht meist ohne.«

Wie leicht einem doch so eine Lüge über die dicke Lippe geht. Aber mein Herpes-Dasein war mir schon immer peinlich. Es ist für mich wie ein Zeichen von Schwäche, weil es ja nur dann erscheint, wenn ich irgendwie entkräftet bin. So eine Nussallergie hätte schon viel früher mein Alibi werden sollen. Das ist vielleicht ungerecht gegenüber allen echten Allergikern, aber aus der Not geboren.

Nach einer Weile kann ich mich wieder entspannen, während meine Oberlippe immer mehr spannt. Das macht aber nichts. Ich bin locker, weil Matthias und Boris nicht weiter auffällig in Erscheinung treten.

Der einzige kleine Wermutstropfen ist die Tatsache, dass Serge sehr genau auf mein Essen achtet. Er hat sich das mit den Nüssen wohl sehr zu Herzen genommen und es sich zur Aufgabe gemacht, weitere Allergieschübe zu verhindern. Sogar auf der Glückskekspackung studiert er intensiv die Inhaltsstoffe, was ich nicht nachvollziehen kann.

Wenn das so weitergeht mit meiner Lippe, dann können wir noch heute zu einer Wildwasserrafting-Tour aufbrechen, ohne dass wir ein Schlauchboot dafür benötigen.

Bei meinem kurzen Toilettengang vor dem Aufbruch sehe ich, dass sich meine Lippe schlimmer anfühlt, als sie tatsächlich aussieht. Eine Schwellung ist allerdings nicht zu leugnen, aber ich habe das Glück, dass sich keine Bläschen gebildet haben. Es handelt sich hier um eine Art unterirdischen Herpes. Vorsichtig berühre ich meine Lippe ein paar Mal mit den Fingerspitzen.

Och, das ist echt unangenehm.

Als ich die Toilette wieder verlasse, werde ich von Serge und Baptiste bereits erwartet. Meine Trainingstasche steht neben Baptiste und an Serges Blicken und Gesten kann ich von Weitem erahnen, dass er mit Baptiste über mein Gepäckstück spricht. Was sich bestätigt, als er meine Anwesenheit bemerkt.

»Mon chou. Hast du deine Waffensammlung dabei?«

»Nein, hauptsächlich Schuhe.«

Serge lacht.

»Na ja, bei der einen oder anderen Frau könnte man in diesem Zusammenhang schon eine Verbindung zu einer Waffe herstellen. Aber nicht bei dir, mon chou«, beschwichtigt er sofort, »bei dir muss ich mich immer in Acht nehmen.«

Bevor ich mir genauer überlegen kann, was er mir damit sagen will, greift er nach der Tasche.

»Wir fahren ins Hotel. Ich bin schon sehr neugierig auf eine neue Vorführung.«

»Aber …«, will ich einwenden, da geht er bereits zusammen mit der Tasche los und Baptiste bedeutet mir, ihm zu folgen.

Auf der Fahrt ins Hotel wird mir klar, dass Boris die Zeit am Buffet sehr intensiv genutzt hat.

»Du nimmst also an einem Wettbewerb teil?«

Nickend bestätige ich die Frage und Serge setzt sich aufrecht hin.

»Wie es der Zufall so will, kenne ich mich ein wenig aus mit … dem Tanz.«

Natürlich tut er das. Als Nächstes erzählt er mir, dass er ein französischer Ballettmeister ist, und wir begründen gemeinsam eine neue Epoche des romantischen Balletts. Da bleib ich mal lieber beim Hockjoggen.

Leider wird mir im Hotel schnell klar, dass er tatsächlich meint, ich würde mit ihm die Puppen tanzen lassen. Serge hatte schon immer diese ruhige Art an sich, die keinen Widerspruch duldet.

»Dann zeig mal, was du kannst.«

Ich bin nicht in der Lage, etwas dagegen zu sagen, geschweige denn, die Teilnahme an dieser Tanzstunde zu verweigern. Länger als nötig ziehe ich das Anlegen der Tanzwaffen in die Länge. Als ich endlich die Spitzenschuhe trage, bemerke ich, dass Serge mich wohl die ganze Zeit beobachtet hat, während er es sich in einem Sessel gemütlich gemacht hat. Und … er lächelt.

»Mach eine Pirouette«, fordert er mich auf und bewegt dabei kreisförmig seinen Arm.

Aha! Ich soll mich wohl drehen.

Gut, dass Ela und Boris mir schon etwas in der Richtung gezeigt haben.

»Ihr seid keine guten Freunde, du und die Pirouetten und ihr werdet es vermutlich auch nicht mehr, jedenfalls nicht in diesem Leben«, stellt Serge fest, nachdem ich ein paar Versuche hinter mich gebracht habe.

Na toll. Das hätte ich ihm auch gleich sagen können.

»Keine Sorge«, erklärt Serge sofort.

Anscheinend ist ihm mein frustrierter Blick nicht verborgen geblieben.

»Deine Ziele werden in diesem Zusammenhang also eher bescheiden sein.«

Mit Schwung steht er auf und kommt zu mir.

»Du kriegst auf dem Weg ins Passé Panik, mon chou.«

Panik ist ein Wort, mit dem ich hier etwas anfangen kann. Was auch immer er mit Passé meint. Ich bin jedenfalls kurz davor zu passen.

»Beständigkeit …«, raunt Serge mir zu, »… in puncto Pirouetten ist das dein Zauberwort, an dem es zu arbeiten gilt.«

Mir sagt nur die Beständigkeit der Erinnerung von Dalí etwas und das erinnert mich in diesem Zusammenhang daran, dass mir die Zeit bis zum Wettbewerb zerrinnt.

Vielleicht ist die Teilnahme an diesem Wettbewerb so surrealistisch wie das Gemälde mit den weichen Uhren.

Mein Körper erschlafft und wird, bis auf meine feste Oberlippe, genauso butterweich.

Wo ist der Ast, über den ich mich hängen lassen kann? Der letzte Holzpfosten, der mich stützen sollte, hat ja prompt nachgegeben.

»Mon chou? Was liegt dir auf dem Herzen?«

Serge hat seine Arme um mich gelegt. Ich stelle fest, dass ich mich gemütlich auf diesen Halt eingelassen habe.

Vielleicht ist es gar nicht die Frage, was mir auf dem Herzen liegt, sondern wer mir am Herzen liegt?

Das sind Gedanken, die für mich ohne Logik und Vernunft über der Wirklichkeit angesiedelt sind. Aber eine Doris Partsch wird sich niemals auf diese Strömung einlassen können und spontanen Eingebungen folgen. Was dabei herauskommt, wenn ich ohne die Kontrolle des Verstandes agiere, zeigen die letzten Tage meines verkorksten Daseins sehr genau. Hier werden keine ungefilterten Gedanken mehr mein Leben bestimmen.

Der Spruch ›Herz über Kopf‹ hat für mich noch nie gegolten. Vielmehr ›Herz gegen Kopf‹. Gefühle habe ich mir nicht mehr geleistet, seit meine große Liebe mich verlassen hat, weil er Kinder haben wollte. Das sollten nicht irgendwelche Kinder sein, sondern seine biologischen Abkömmlinge.

Spontan kämpfe ich mich aus Serges Umarmung.

»Ich muss jetzt wirklich gehen.«

Erstaunlicherweise gibt er sofort nach, dabei hatte ich mich darauf eingestellt, länger mit ihm diskutieren zu müssen.

»Wie du willst«, sagt er leise, als er sich von mir zurückzieht.

Wie wenig muss ich ihm bedeuten, wenn er so geringes Interesse an mir zeigt. Den letzten Rest gibt er mir, als er einen Anruf auf seinem Mobiltelefon entgegennimmt und mir den Rücken zuwendet.

Hastig streife ich mir die Ballettschuhe von den Füßen, was gar nicht so einfach ist, wenn man sich weigert, die Schnürung anständig zu lösen, bevor man aus den Schlappen schlüpft. Ohne mich zu verabschieden, raffe ich meine Siebensachen zusammen und verlasse fluchtartig das Hotelzimmer.

Auf dem Weg nach Hause muss ich an Fred Astaire denken. Die Schwerkraft wird nicht durch das Tanzen aufgehoben. Dennoch fühle ich mich, als hätte man mir den Boden unter den Füßen weggezogen.

Leb wohl

Nach einer schlaflosen Nacht, in der ich intensiv über mein Leben nachdenke, ohne einen befriedigenden Handlungsplan zu verabschieden, geschweige denn einen Entwurf, ereilt mich die seit Tagen gefürchtete Hiobsbotschaft.

»Es tut mir ehrlich leid, aber ein guter Kunde hat sich über dich beschwert. Es geht nicht, dass du noch länger für diese Agentur tätig bist.«

Die endgültigen Worte der Agenturchefin hallen mir noch lange durch den Kopf. Wie betäubt habe ich alles, was sie sagte, ohne Widerworte hingenommen. Das ist untypisch für mich, aber im Grunde genommen hatte ich diesen Anruf ja erwartet.

Natürlich kann ich mir vorstellen, welcher Kunde sich beschwert hat. Das Maß war voll. Der ruhige Serge hat sich geärgert, mehrfach, und nun die Konsequenzen gezogen.

Trotzdem wäre es sehr nett gewesen, wenn er mich vorgewarnt hätte. Schließlich kennen wir uns nun schon eine ganze Weile und ich war der Meinung, dass wir uns nicht ganz fremd geblieben sind. Manchmal hatte ich sogar den Eindruck, dass wir uns mehr als nur gut verstehen. Dass er jetzt so hinterrücks meine fristlose Kündigung erwirkt, finde ich nicht fair.

Was sollte das überhaupt?

Je länger ich darüber nachdenke, umso ungerechter finde ich diese Vorgehensweise.

So ein Fiesling! Gemeiner Kerl.

Diese Umstände meiner plötzlichen Arbeitslosigkeit lassen mich immer mehr in fluchenden Schimpfwörtern denken.

Dieser ölige Weißbrotaufwärmer.

Mit meiner Agenturchefin, Verzeihung, Ex-Chefin werde ich mich nicht streiten, aber jetzt kann ich ja meinen ganzen Frust an Serge auslassen. Noch mal beschweren wird ihm nicht weiterhelfen.

Genau! Jetzt wird er sich einmal mit der ganz privaten Doris Partsch auseinandersetzen, wie sie leibt und lebt.

Ich gebe es zu: Meine Gedanken haben mich schon sehr in Rage gebracht, als ich das Hotel erreiche, in dem der Herr residiert. Trotzdem staune ich nicht schlecht, als ich ihm mehr oder weniger in der Drehtür in die Arme laufe. Es sieht so aus, als wäre er gerade dabei, abzureisen.

Er dreht sich nach draußen, ich drehe mich nach drinnen, unsere Blicke treffen sich. Seine Augen werden groß, sein Blick neugierig; meine Augen schlitzförmig und mein Blick biestig. Keiner verlässt die Drehtür, was dazu führt, dass ich mich wieder ins Freie bewege, während Serge wieder ins Hotel zurückkehrt.

Genervt rollte ich mit den Augen und verlasse den Drehtürenbereich, um auf dem Gehweg auf ihn zu warten.

Er öffnet erwartungsvoll die Arme, als er endlich auf den Gehweg tritt.

»Mon chou? Was für eine Überraschung.«

Er ist so fröhlich. – Zum Kotzen.

Rasch verschränke ich die Arme.

»Überraschung?«, fauche ich. »Ja, es war eine ganz fantastische Überraschung, als mich meine Chefin heute Morgen entlassen hat.«

Seine Arme sinken, aber er kommt mir trotzdem näher, als mir lieb ist. Und er sieht so versöhnlich aus, als hätte er mit meinem Zorn gerechnet und würde dadurch überhaupt nicht tangiert.

»Mon chou, lass es dir erklären …«

Jetzt reicht's. Ich werde mich nicht von seinem französisch behaftetem Gesülze einlullen lassen.

»Ich bin stinksauer. Keine Vorwarnung oder Andeutung. Du hast einfach so beschlossen, mich aus meinem Job zu kicken. Es gibt Leute, die darauf angewiesen sind, ihren Lebensunterhalt zu verdienen. Aber nein, du musstest ja den beleidigten Mäzen raushängen lassen. Ganz nach dem Motto: Tut mir leid. Isch abe eute kein Foto für düsch.«

»Jetzt reicht es«, fordert Serge ernst.

Okay, ich habe Respekt vor ihm und lass mich leider einschüchtern.

Aber er geht nicht auf verbalen Gegenangriff. Sein wütender Blick verschwimmt nach und nach und ich wundere mich über die strahlenden Augen, die mich in sich aufzusaugen scheinen.

»Auf Wiedersehen, mon chou. Pass auf dich auf«, murmelt Serge unverhofft, streift zart mit einem Finger über meine Wange und sieht mir dabei tief in die Augen. Dann wendet er sich ab und geht zu seinem Wagen.

Irgendwie erwarte ich, dass er sich noch einmal zu mir umdreht, was er aber nicht tut. Selbst als das Auto an mir vorbeifährt, versuche ich noch einen letzten Blickkontakt zu ihm herzustellen, aber er hat bereits den Blick gesenkt, so als würde er sich mit seinem Mobiltelefon beschäftigen. Komisches Gefühl.

Serge ist weg. War das ein Lebewohl? Dabei war er doch einige Jahre eine Art wiederkehrende Konstante in meinem Leben.

Es tut mir leid, dass er sich verabschiedet hat, und ich weiß, dass ich ihn vermissen werde, obwohl er sich echt daneben benommen hat, der … Branleur.

Als arbeitslose Hostess wäre es jetzt erst recht an der Zeit, mir einen neuen Job zu suchen. Dieses Vorhaben verschiebe ich allerdings auf einen Zeitpunkt nach dem Wettbewerb. Schließlich habe ich Boris versprochen, ihm beim Wettbewerb zur Seite zu stehen. Das werde ich jetzt durchziehen.

Deshalb gehe ich auch ganz brav zu der nächsten Trainingsstunde, obwohl ich eigentlich nicht so große Lust dazu habe. Meine Laune ist seit Serges Abschied am Boden, weil ich das Gefühl habe, dass wir uns voreilig verabschiedet haben und das Gespräch eigentlich noch nicht beendet gewesen wäre. Das wurmt mich.

»Hey«, ruft Boris, der mich wie gewohnt bereits erwartet, mir kurz über die Schulter zu.

Obwohl ich nur grummelnd antworte, bemerkt er meine miese Laune nicht, weil er sich bereits intensiv mit der Auswahl der Musik beschäftigt.

Sofort beginne ich, mich mit Hampelmannsprüngen aufzuwärmen. Mein Blick in den Spiegel zeigt mir, dass ich nicht glücklich aussehe. Um ehrlich zu sein: Diese üble Laune hat nichts mit meiner Arbeitslosigkeit zu tun, auch wenn ich mir das gerne einreden würde.

Serge.

Es nervt. Ich hab doch früher nicht so oft an ihn gedacht, oder? Doch, ich habe sehr oft an ihn gedacht, aber damals waren nie so schwermütige Empfindungen dabei freigesetzt worden.

Warum nur beschleicht mich immer dieser unangenehme Schmerz, wenn ich an Serge denke?

Er ist doch nur ein Kunde der Agentur, mehr nicht.

Flotte Musik erfüllt nun den Raum und neben mir beginnt Boris mit Aufwärmübungen samt Springseil.

»Alles in Ordnung?«, fragt er mich springend und mustert mich über unsere Spiegelbilder.

»Jep«, bestätige ich ihm mit einem kurzen Blick zurück und mache noch schnellere Hüpfbewegungen. Boris gibt sich brummend mit meiner Antwort zufrieden. Dennoch bemerke ich sehr wohl, dass er mich immer wieder interessiert mustert, während das Springseil mit hohem Pfeifton um ihn herumsaust.

Es muss doch möglich sein, das belastende Gefühl weit von mir zu schieben.

Ich musste schließlich in meinem Leben schon mit der ein oder anderen unglücklichen Botschaft zurechtkommen. Es wird mir auch diesmal gelingen.

Serge! Och, es wäre auch zu schön gewesen, um wahr zu sein.

Meist lenke ich mich mit anderen Dingen von solchen Belastungssituationen ab. Aber ein Beratungsgespräch erscheint mir diesmal nicht der richtige Weg zu sein. Matthias würde mich mit seinem Kugelschreibergeklacke an den Rand des Wahnsinns treiben.

Da kommt mir ein Gedanke sehr gelegen.

Andere Mütter haben auch schöne Söhne.

Mein Blick fällt automatisch auf den hopsenden Mann neben mir, den ich wegen meiner eigenen Sprünge nur unscharf erkennen kann.

Okay, er trägt zwar hin und wieder merkwürdige Hosen, aber das muss mich nicht weiter stören.

Wie von selbst ziehen sich meine Mundwinkel ein Stück nach oben und Boris erwidert mein Lächeln.

»Können wir?«

Boris legt bei seiner Frage das Sprungseil zur Seite, stellt sich in Tanzposition und öffnet dabei seine Arme für mich. Zu Beginn der Stunde tanzen wir immer einfach so miteinander, ohne für den Wettbewerb zu proben. Eintanzen nennt Boris das. Etwas besser gelaunt begebe ich mich in seine Arme und lasse mich von ihm flott durch den Raum schieben. Meine Gedanken kreisen dabei ebenso wie ich.

Dass er Boris heißt, muss nicht unbedingt ein schlechtes Zeichen sein. Es könnte sich als überaus praktisch herausstellen. Wir gewinnen gemeinsam den Wettbewerb und eröffnen die Tanzschule. Aus Boris und Doris könnten ein paar gewiefte Marketingexperten sicherlich ein interessantes Logo basteln. Wenn ich dann auch noch meine Ersparnisse in die Schule mit einbringe, dann müssen wir auch keinen großen Kredit aufnehmen, sondern könnten sofort loslegen.

Das wäre was.

Je länger ich darüber sinniere, umso klarer wird es mir. Er könnte mein Mister Right sein.

Intensiv suche ich jetzt nach Blickkontakt zu ihm und starre ihn an, während ich mir weitere Erinnerungen ins Gedächtnis rufe. Bei unserer ersten Begegnung hat er mich nicht ausgelacht – er hat mich angelacht. Die Berührungen fielen bei mir auch wesentlich zärtlicher aus als bei meinen Trainingsgenossinnen. Er mag mich, das weiß ich. Mit anderen Worten:

Wir wären das perfekte Paar.

Seine deutliche Ansage bezüglich meiner Berufswahl brauche ich nicht so schwer zu gewichten. Er wird darüber hinwegkommen, jetzt, da ich nicht mehr in dem Beruf arbeite. Wer weiß? Vielleicht gefällt es ihm sogar, wenn ich mich mal in ein Kostüm schmeiße. Auf jeden Fall fand er es sehr schön, meinen Hintern zu kneten, als er mich vor sich auf der Kommode hatte. Ich kann nicht leugnen, dass es mir auch gefallen hat.

Oh, oh.

Eine betäubende Gänsehaut erfasst meine Arme, während ich immer noch in Boris' Gesicht stiere.

Nicht einmal über meine Unfruchtbarkeit muss ich ihn noch aufklären. Besser könnte es für mich eigentlich nicht laufen.

Apropos laufen. Irgendwie komme ich heute ganz schön aus der Puste. Gerade, als ich dies feststelle, nehme ich das immer breiter werdende Grinsen in Boris' Gesicht bewusst war.

Natürlich ist das Lied flott und er bewegt sich geschmeidig wie immer.

Was ich aber erst jetzt bemerke: Er führt mich übertrieben großzügig durch den Raum und veranlasst mich immer wieder zu den verschiedensten Drehungen. Er scheint mit ein paar wenigen Tanzschritten auszukommen, während ich um ihn herumgescheucht werde wie ein Jojo. Elegant umschiffen wir dabei die vielen Poles im Raum.

Ich könnte dem ganzen Spuk ein Ende setzen und stehen bleiben, aber es macht mir Spaß, so zu tanzen. Als Boris auch noch zum Lied singt, kann ich befreit auflachen.

Mittlerweile habe ich meine Wahrnehmung ganz stark auf Boris geschärft. Jedes Muskelzucken seiner Mimik versuche ich zu deuten. All sein Schmunzeln nehme ich in mich auf wie die Sonnenstrahlen auf der Haut nach einem langen Winter. In seine warmen Blicke möchte ich mich hineinlegen und wenn er mich bei unseren Drehungen immer wieder aufs Neue berührt, dann nehme ich jede dieser Berührungen ganz bewusst wahr.

Die Gänsehaut, die vorhin an meinen Armen ihren Anfang genommen hat, trifft sich nun an einem Punkt in meinem Rücken und strahlt bis in meine Brust.

Irgendwie wünsche ich mir, Boris würde mich jetzt

küssen. Aber er macht keinen Annäherungsversuch mehr. Nicht, dass wir uns beim Tanzen nicht nahe genug dafür wären. Wir kleben manchmal so aneinander, dass ich schon befürchte, wir werden für siamesische Zwillinge gehalten.

Und ja, ich gebe es zu. Wann immer es sich ergibt, dann nähere ich mich ihm mit meinem Mund so sehr, dass es kein Problem für ihn wäre, mir einfach seine Lippen auf den Mund zu drücken. Aber er tut es nicht!

Mit diesem Tanz habe ich zwar mein tänzerisches Können, nicht aber meine Beziehungsarbeit vertiefen konnte. Deshalb bin ich gewillt, auf Angriff überzugehen. Vielleicht weiß er noch nicht, dass er für mich bestimmt ist.

Nimm dich in Acht, Boris. Doris ist da.

»Shit, Doris! Was ist heute nur los? Wo bist du nur mit deinen Gedanken«, schimpft Boris unerwartet, weil ich mich heute nicht auf das Training konzentrieren will. Stattdessen will ich Boris zu meinem Mann machen, aber der scheint von meiner Mission noch nichts wissen zu wollen.

Seufzend setzt er sich auf den Boden des Trainingsraums, während ich stark schnaufend stehen bleibe.

»Zeig noch mal die Drehung …«, fordert er mich auf und malt dabei mit seinem Zeigefinger einen Kreis in der Luft.

Ich hab den Dreh nicht raus. Nein, nicht den Tanzdreh, sondern das Drehbuch meines Lebens. Nun, diese Szene ist mehr als schlecht und es wird dringend notwendig, gewisse Details umzuschreiben.

185

Mit geschlossenen Augen versuche ich mich auf meine geplante Aktion einzustimmen. Boris geht bestimmt davon aus, dass ich mich auf die Drehung vorbereite. Obwohl ich ihn nicht sehe, kann ich spüren, wie er mich abwartend mustert. Ein aufregendes Kribbeln erfasst meinen Hinterkopf und fährt mir den Rücken hinab.

Dann tue ich es. Entschlossen öffne ich die Augen und setze zu meiner Drehung an. Aber anstatt diese professionell durchzuführen, mutiere ich zum Kampfhund und will den kauernden Boris anspringen und küssen.

»Na, ihr beiden? Fleißig?«

Mist.

Melanie hat den Raum betreten um uns einen kurzen Besuch abzustatten.

Das wars dann vorerst mit meinem Kampfhundmanöver.

Der Wettbewerb

*L*eider ergibt sich die folgenden Wochen keine Gelegenheit mehr für einen weiteren Versuch.

Ich habe viel zu tun. Vielleicht habe ich versucht, auf zwei Hochzeiten zu tanzen. Das denke ich mir in dieser Zeit immer wieder. Das Hostessenleben und das intensive Training für die Teilnahme an einem Tanzwettbewerb wären wohl eh nicht miteinander vereinbar gewesen. Partnersuche und Training waren für mich ebenso schwer vereinbar.

Für alle Yoga-Freunde: Versucht mal, die Brücke und die Katze gleichzeitig zu machen. Dann wisst ihr, wovon ich rede.

Im Grunde genommen bin ich nicht böse, keine Hostess mehr zu sein. Es gibt nur ein Problem: das liebe Geld. Wie bekannt, habe ich ja eine größere Summe gespart, aber ewig kann ich davon nicht zehren. Es muss also eine langfristige Einkommensquelle her. Vom Training für den Wettbewerb bekomme ich keine Wurst auf mein Brot.

Weil aber das Leben ohne Arbeit auch seine Vorzüge hat, genieße ich die Tage bis zum Wettbewerb, indem ich einfach verdränge, was da für ein Kuddelmuddel auf mich wartet.

Boris findet es natürlich prima, dass ich mich so in das Training reinhänge. Ich finde, dass mein Arsch inzwischen gar nicht mehr hängt. Es ist nicht zu leugnen, dass die Erfolge deutlich sichtbar sind.

O Wunder!

Ob ich aber eine Minute als Prima Ballerina durchgehen werde, hängt dann aber doch, und zwar am seidenen Faden. Aber ich habe die Hoffnung, dass ich das durchstehe. Irgendwie.

Meiner Agentur habe ich den Rücken gekehrt und auch kein weiteres Gespräch mehr mit meiner Chefin gehabt. Sie wollten mich nicht mehr. Ich sehe nicht ein, warum ich jetzt wieder angekrochen kommen soll.

Von Serge habe ich leider nichts mehr gehört. Nicht einmal in irgendwelchen Klatschzeitschriften kann man sich über ihn informieren, da er sehr zurückgezogen lebt. Er macht sich wesentlich rarer als ein François-Henri Pinault, und der ist schon selten in der Presse zu finden.

»Aufgeregt?«

Boris hat gut reden. Was soll ich auf so eine dämliche Frage antworten. Knurrend warne ich ihn, nicht auf eine Antwort zu hoffen, und verschränke die Arme.

Wer wäre nicht aufgeregt, wenn er im eleganten Tutu auf seinen Auftritt warten würde. Noch dazu hat er mir so eine merkwürdige Haube verpasst. Jetzt fühle ich mich erst recht wie Taylor Swift in diesem Musikvideo. Ob ich den Tanz besser hinbekomme als sie?

Glücklicherweise lenkt mich eine Tatsache von meiner Aufregung ab. Boris trägt diese dünne Strumpfhose. Obwohl wir bei den letzten Proben mit den entsprechenden Kostümen geprobt haben, kann ich mich an diesen Anblick einfach nicht gewöhnen.

Da gibt es noch eine Tatsache, die gut für mich ist. Wir haben zu den anderen Teilnehmern kaum Kontakt. Es gibt viele Garderoben in den Räumen des kleinen Theaters, in dem der Wettbewerb stattfindet. Die Teilnehmer bleiben für sich und warten, bis sie aufgerufen werden. Ich habe auch nicht vor, mir die anderen Darbietungen anzusehen. Und ganz sicher werde ich mich auch nicht auf eine Konfrontation mit Boris' Ex-Freundin einlassen, die hier irgendwo herumkrebst.

Es dauert eine halbe Ewigkeit, bis wir endlich aufgerufen werden. Meiner Unruhe habe ich in der Zwischenzeit den nötigen Platz verschafft, indem ich mich intensiv mit den Aufwärmübungen beschäftigt habe.

Den ganzen Weg bis zur Bühne eile ich im Laufschritt.

Boris bleibt neben mir und redet auf mich ein.

»Es ist alles aufgebaut. Wir ziehen das durch, egal was passiert.«

Was meint er damit? Will er mich verunsichern?

Dennoch nicke ich und versuche, mich zu konzentrieren.

Bevor sich unsere Wege trennen, weil er auf die andere Seite der Bühne muss, klopft er mir auf die Schulter.

»Toi, toi, toi.«

Da ist er schon mit schnellen Schritten im Gang verschwunden.

Langsam nehme ich die letzten Stufen und stelle mich schließlich so hin, dass ich von der einen Seite der Bühne zur anderen Seite sehen kann.

Kurz darauf erscheint Boris mit nacktem Oberkörper und Leggins, stellt sich ebenfalls auf und nickt mir zu. Aufgeregt weiche ich nach einem kurzen Zurücknicken seinem Blick aus. Auf der Bühne sehe ich die zwei mobilen Poles, die bereits für unseren Auftritt aufgestellt wurden.

Einen Moment habe ich das Gefühl, einen Hörsturz zu erleiden. Mein Atem klingt unangenehm laut in meinen Ohren. Der Eindruck verpufft allerdings sofort, als die Musik einsetzt.

Das Stück habe ich vorgeschlagen, aus ganz persönlichen Gründen. Ich habe es zusammen mit Serge gehört. ›I love the way you lie‹ in der Piano Version. Das ist überhaupt kein Lied, um Ballett zu tanzen, aber wir werden es tun.

Mit feinen Bewegungen tänzele ich auf die Bühne und vollführe die wenigen Ballettschritte, die ich inzwischen tadellos hinbekomme. Den voll besetzten Saal ignoriere ich. Die Zuschauer sind für mich einfach nicht da. Zum ersten Mal bin ich den Leuchtstrahlern dankbar, die so hell in meine Richtung strahlen, dass ich eh nur schemenhafte Gestalten im Publikum erkennen könnte, wenn ich genauer hinsehen würde.

Mein Zittern ignoriere ich und tanze genau so, wie ich es die letzten Wochen intensiv geübt habe. Dann kommt der kritische Punkt, der so kritisch ist, dass Boris einen Notfallplan einbauen musste. Der Moment, in dem ich auf die Spitzen muss.

Aber o Wunder, es klappt.

Ich bringe sogar eine kleine Umdrehung hin, weil

ich einfach an den lächelnden Baum denke. Der ging im Prinzip so ähnlich. Weil ich aber nach der nächsten Pirouette nie gut in den Stand zurückkomme, haben wir vereinbart, dass jetzt Boris ins Spiel kommt. Dazu braucht es das perfekte Timing und vor allen Dingen, Vertrauen.

Es ist nämlich so, dass ich mich in der Drehung ganz gerade nach hinten umfallen lasse. Boris soll mich sanft auffangen, bevor ich auf dem harten Boden der Bühne aufschlage. Ihr könnt euch ja vorstellen, dass wir das bei den Proben nicht immer ganz optimal hinbekommen haben.

Ruhig setze ich in tiefem Plié an, schiebe mich mit einem Fuß in den Spitzenstand, ziehe das andere Bein erneut in den lächelnden Baum, drehe mich … und … lasse mich umfallen. Mit geschlossenen Augen warte ich vertrauensvoll, dass Boris erscheint, was er auch tut. Seine Hände erreichen mich und verhindern, dass mein Körper zu hart auf den Bühnenboden trifft. Gleichzeitig höre ich aus dem Publikum das erwartete Raunen und sogar ein paar vereinzelte Klatscher.

Schnell öffne ich die Augen, um Boris' Gesicht ganz nah über meinem vorzufinden. Ein angedeutetes Lächeln huscht über sein Gesicht, dann zieht er mich mit den geprobten Handgriffen auf die Beine.

Mein Auftritt als Primaballerina ist fast geschafft. Kurzzeitig bewege ich mich noch mit Boris gemeinsam über die Bühne, er trägt mich und führt mich so zielsicher, dass ich mich hier voll und ganz in seine Hände begeben kann. Manchmal raunt er mir kleine Erinnerungen zu, damit ich auch pariere.

Schließlich kommt der Part, an dem ich die Bühne kurzzeitig verlassen darf.

Stark schnaufend beeile ich mich, aus den Spitzenschuhen und der Strumpfhose zu kommen. Ich ziehe die Haube vom Kopf und lockere mein nun offenes Haar auf. Mit einem kräftigen Ruck kann ich den Tutu-Rock von meinem restlichen Anzug entfernen. Im Prinzip trage ich jetzt nur so eine Art Body.

Während meiner hektischen Umziehaktion neben der Bühne höre ich, dass Boris fast lautlos seine besten Sprünge darbietet. Der Moment, an dem Boris die Piano-Version des Liedes mit der Eminem-Version zusammengeschnitten hat, ist jetzt da. Das ist mein Einsatz.

Barfuß renne ich leichtfüßig auf die Bühne und schupse Boris weg. Er lässt es sich nach kurzer Gegenwehr gefallen, weil er ja auch aus der Strumpfhose, Verzeihung, Leggins raus muss. Und während noch Rihanna singt, sehe ich ihm kurz nach.

Als Eminem loslegt, springe ich mit Schwung an die Pole und vollführe ein paar Spins. Innerhalb von Sekunden ist auch Boris in einer Art Badehose wieder da, hängt schon an der zweiten Pole. Wir bleiben synchron in unseren Bewegungen. Es macht mehr Spaß, als ich vermutet habe. Vor allem wohl deshalb, weil ich den Eindruck habe, dass wir das ganz gut hinbekommen. Schließlich verlässt Boris seine Pole wie vereinbart, beobachtet meinen aktuellen Spin und passt seinen Einstieg in meine Pole perfekt ab.

Unsere gemeinsamen Spins sind mir die liebsten.

Sie sehen nämlich toll aus. Wie geplant, lässt Boris mich aus der letzten Spin mehr oder weniger abstürzen. Sofort bemüht er sich um mich, ich stoße ihn aber von mir und verlasse die Bühne.

Er darf das Publikum nun wieder kurz unterhalten, während ich in den roten Salsarock und die dazu passenden bereitstehenden Tanzschuhe schlüpfe.

Das Lied ist zu Ende und ich weiß, dass Boris nun langsam schreitend die Bühne verlässt, um sich dann, sobald er aus der Sicht des Publikums ist, ebenfalls im Eiltempo anzukleiden.

Da geht unser letztes Tanzlied los. Ich erstarre kurz und werfe Boris einen alarmierten Blick zu, der ist aber bereits dabei, sich anzuziehen. Es ist nicht das richtige Lied. Wir sollten jetzt eigentlich einen Tango tanzen, aber was da läuft, ist ein Lied von Katy Perry.

Das darf doch nicht wahr sein!

Glücklicherweise hat Boris mich nun endlich wahrgenommen. Er macht eine aufmunternde Geste in Richtung der Bühne, die zwischen uns steht.

Was bleibt mir in diesem Moment anderes übrig, als die Fläche wie geplant zu betreten. Dabei versuche ich, mich in den Takt von ›Unconditionally‹ einzufinden und die geplanten Schritte dazu zu machen. Keine Ahnung, wie ich es mache, aber es funktioniert irgendwie.

Auch als Boris komplett bekleidet auf die Bühne eilt, um mich in einer Tanzhaltung einzufangen, finde ich die Schritte, die wir so intensiv geübt haben. Boris führt mich wie gewohnt und ich weiß genau, was ich zu tun habe. Manchmal scheint er die Abfolge leicht zu variieren und an das Lied anzupassen, aber wir tanzen Tango. Es ist mir nicht klar, wie Boris es schafft, einen sinnvollen Rhythmus in dem Lied zu hören, aber er kann es. Wir wirbeln über die Bühne, zwischendurch zieht Boris mich, dann hält er mich, und hin und wieder murmelt er mir kleine Anweisungen ins Ohr, mit denen ich inzwischen auch etwas anfangen kann.

Wir ziehen es durch, bis die letzten Klänge der Musik plötzlich verhallt sind. Zu meiner Überraschung nimmt Boris mich in die Arme und drückt mich ganz fest. Noch während ich meine Arme um ihn schlinge und sein gerauntes »Danke« höre, schwillt um uns ein tosender Applaus an. Bis wir uns unserem Publikum zuwenden, sind einige bereits aufgestanden.

Boris haucht mir einen Kuss an die Schläfe. Wir winken kurz, bevor wir Arm in Arm von der Bühne gehen. Die mobilen Poles werden schon von Mitarbeitern des Theaters entfernt und alles ist bereit für das nächste Paar, als ich im Vorbeigehen meine herumliegenden Klamotten greife.

Die Stelle, an der Boris meine Schläfe geküsst hat, prickelt angenehm. Es kann nur einen Grund geben, warum Boris das Lied verändert hat.

Er will mir damit sagen, dass er mich mag ... sehr mag.

Vielleicht ist es jetzt endlich an der Zeit für einen zweiten Anlauf. Spontan gehe ich, mitsamt meinen Klamotten in den Händen, auf ihn zu und umarme ihn.

Wenigstens reagiert er spontan. Seine geöffneten Arme umschließen mich schon, als ich mich an ihn presse. Sofort drücke ich meinen Mund zu einem leidenschaftlichen Kuss auf seine Lippen. Erleichtert stelle ich fest, dass er meine Bemühungen erwidert.

Aber ... es fühlt sich komisch an. So ... unspektakulär ... normal.

Gleichzeitig wird mir deutlich, dass es sich tatsächlich um Bemühungen handelt. Die Aufregung ist verflogen und von dem betäubenden Kribbeln zu Beginn meiner Aktion spüre ich nicht einmal die Nachwirkung.

Die gleichen Emotionen zeige ich bestimmt, wenn ich einen Apfel esse.

Diese Küsse lösen gar nichts in mir aus. So gerne ich es hätte, aber da ist nichts.

Deshalb registriere ich sofort, dass es Boris ebenso zu ergehen scheint. Seine Lippen bewegen sich inzwischen mechanisch und schließlich drückt er mich von sich weg.

Einen stillen Moment lang starren wir uns intensiv in die Augen. Bevor die Anspannung zwischen uns zur Belastung wird, lässt ein angedeutetes Lächeln kleine Fältchen an seinen Augen entstehen.

Ich schnaufe tief aus und dann lachen wir beide gleichzeitig auf.

»Neeee ...«, stellt Boris mit einem Kopfschütteln fest und drückt mich von sich, »das wird nichts, Doris.«

Wir lösen uns voneinander. Ich fühle mich besänftigt, denn ihm ergeht es genauso wie mir. Die Küsse haben sich nicht richtig angefühlt. Neben meiner Erleichterung schwingt aber doch auch Enttäuschung in mir mit.

Nach kurzem Nachdenken kann ich für mich sagen, dass es nicht die Enttäuschung darüber ist, dass wir uns nicht lieben. Es ärgert mich, weil es für uns so einfach hätte sein können.

Aber was ist schon einfach im Leben?

Gemeinsam erreichen wir schließlich unsere kleine Garderobe. Erst als Boris die Tür hinter uns geschlossen hat, fällt mir wieder ein, dass er einfach von unserem Plan abgewichen ist.

»Hast du mir etwas zu sagen?«

Boris' Blick zeigt mir, dass er irritiert ist. Er hat wirklich keine Ahnung, wovon ich spreche.

»Das Lied Boris!«

»Was ... ach das. Das hab' ich nicht ausgewählt.«

»Was heißt das?«

»Das heißt, dass das nicht auf meinem Mist gewachsen ist.«

»Aber ...«

Blitzschnell ist er bei mir, berührt mich sanft an den Armen und sieht mir tief in die Augen.

»Doris, ich könnte mich in dich verlieben, auf jeden Fall, aber ich bin nicht in dich verliebt. Tut mir leid.«

»Das muss es nicht«, schießt es mir aus dem Mund, und ich meine es auch so.

Da ist keine Verletzung, eher ein Aufatmen, weshalb ich seinen offenen Blick ohne Hemmungen erwidern kann. Boris hätte der Richtige für mich sein können, aber vielleicht bin ich auch dazu verdammt, auf ewig Single zu bleiben.

Dann war das Lied also wirklich keine versteckte Liebeserklärung. Irgendwie ernüchternd, aber auch in Ordnung.

Als ob Boris in meinem Gesicht meine Gedanken lesen kann, schüttelt er mich leicht.

»Blinde Nuss! Du hast einen ganz anderen Verehrer.«

»Was soll das heißen?«

Hastig lässt er mich los und deutet auf meinen Brustkorb.

»Hör in dein Herz. Was sagt es dir?«

»Ach Gott, mein Herz …« Ich zucke mit den Schultern. »Ich weiß doch schon gar nicht mehr, dass ich eines habe, geschweige denn, dass es zu mir spricht.«

»Das ist nicht wahr und das weißt du auch.«

»Wenn ich an das Wort Liebe denke, dann denke ich an glückliche Pärchen wie an Ela und Rick, aber nie an mich.«

»Es wird Zeit, das zu ändern. Bist du wirklich so schwer von Begriff? Dann werde ich dir auch nicht erzählen, wer mich gebeten hat, das Lied zu spielen.«

What the f…

»Dich hat jemand gebeten? Boris, ich warne dich. Wenn du es mir nicht sofort sagst, dann prügle ich es aus dir heraus.«

Meine drohenden Worte und geballten Fäuste lösen bei Boris nur ein tiefenentspanntes Lächeln aus.

»Er wollte eigentlich da sein und zuschauen, aber es ist ihm etwas dazwischengekommen.«

»Wer?«, knurre ich bösartig.

Boris hebt abwehrend die Hände und geht ein paar Schritte rückwärts.

»Finde heraus, was dein Herz dir sagt, und wenn du dann an jemand Bestimmten denkst, ist es gut.«

»Arsch.«

»Der ist es schon mal nicht.«

»Depp.«

»Ich kann dich verstehen. Für den Jonny schwärmen wirklich viele, aber der ist es auch nicht. Und bevor du jetzt lange überlegst, solltest du dich etwas frisch machen für das Finale.«

Grummelnd und unzufrieden tue ich, was er sagt. Die ganze Zeit bin ich allerdings am Überlegen, – *wer hat Boris wohl angestiftet, dieses Lied zu spielen?*

Sein gemeines Grinsen spricht Bände, als er die Garderobe verlässt, um seine liegen gebliebenen Anziehsachen vom anderen Ende der Bühne zu holen.

Unruhig richte ich meine Frisur und rücke den Rock in die gewollte Position. Da es sich ja eigentlich um einen Tanz-Wettbewerb handelt, ist es wohl das Beste, zum Schlussauftritt in genehmer Montur aufzutauchen, damit die Jury uns wohlgesonnen bleibt.

Wenn sie nicht eh schon von uns schockiert ist.

Da wir eines der letzten Tanzpaare waren, findet das Finale bald statt. Boris hat mich abgeholt und einfach auf die Bühne gezogen. Während wir den Schlussapplaus zusammen mit den anderen Teilnehmern genießen, fallen mir auch Ela und ihre Freundin Mui im Publikum auf.

Ach Gott! Und Manu ist auch da, natürlich mit seiner Kamera.

Obwohl es mir irgendwie nicht angenehm ist, dass sie meinen Auftritt gesehen haben, freue ich mich doch über ihre Anteilnahme.

»Schade, dass Serge nicht da ist«, raunt mir Boris ins Ohr, während wir einem anderen Paar applaudieren.

Bevor ich etwas sagen kann, werden unsere Namen über den Lautsprecher bekannt gegeben. Boris nimmt mich an der Hand, um mich aus dem Pulk der anderen Teilnehmer nach vorn zu ziehen. Wir verbeugen uns, ich mache einen Knicks. Erst, als wir wieder in der Menge verschwunden sind, kneife ich Boris in den nackten Oberarm.

»Wie meinst du das?«

»Er wäre so gerne gekommen. Schließlich hat er das Lied extra für dich ausgesucht.«

Was?

Boris lässt sich von meinem entgeisterten Blick nicht irritieren und applaudiert fleißig dem nächsten Tanzpaar.

»Das ist nicht wahr. Serge ... Warum sollte Serge ...?« Ich gerate ins Stocken.

Serge!

Da fällt es mir wie Schuppen von den Augen. Ein unerhörtes Kribbeln breitet sich in meinem Bauchraum und schließlich auch in meinem ganzen Körper aus. Boris hat mir soeben einiges klargemacht.

Ich bin verliebt. Ich bin in Serge verliebt und das schon eine ganze Weile.

Niemals hätte ich mich als Raffaela verkleiden dürfen. Sie hat sich schließlich in Rick verliebt, als sie mich als Hostess vertreten hat. Es war ja klar, dass die roten Haare und der Name unter keinem guten Stern stehen, was das Hostessendasein betrifft.

Nein, ich darf nicht ungerecht sein. Das habe ich selbst verbockt. Ela kann da wirklich nichts dafür.

Jahrelang dachte ich, dass ich gar nicht weiß, wie Liebe sich anfühlt. Nun ist es so, dass ich bereits eine ganze Zeit dieses Gefühl in mir zu tragen scheine und es noch nicht einmal bemerkt habe.

Ich erinnere mich an die vielen Momente mit Serge, die Blicke, den gemeinsamen Humor, die zärtlichen Gesten.

Ob er auch für mich etwas empfindet?

Obwohl er dieses Lied für mich ausgesucht hat, ist mir das immer noch nicht ganz klar. Mit einem Schlag wird mir bewusst, dass Liebe und Liebeskummer nur durch einen schmalen Grat voneinander getrennt sind.

»Wie gesagt, er wollte gerne bei deinem Auftritt dabei sein. Es war ihm sehr wichtig, aber dann kam leider ein Meeting dazwischen.«

»Meeting? Ist er hier?«

Boris nickt.

»Eigentlich ist er gleich ein paar Straßen weiter, in einem der Konferenzräume des Literaturhauses«, raunt er mir ins Ohr.

Küss mich endlich!

*J*ch muss los«, verkünde ich und eile von der Bühne.

In diesem Augenblick ist mir ganz egal, woher Boris seine Infos hat. Serge ist in der Stadt, noch dazu nur ein paar Meter weiter. Der Entschluss, ihn zu sehen, und zwar sofort, beherrscht mich und wird von einem Gefühl begleitet, das ich nicht so recht beschreiben kann.

Alles scheint auf einmal egal zu sein, auch, dass ich im Turnanzug und Salsarock über den Gehweg hetze und auf das Literaturhaus zueile. Niemand hält mich auf.

Da ich schon öfter im Literaturhaus war, führt mich mein Instinkt zielsicher zu dem großen Raum, in dem ich Serge vermute.

Mit einem Affenzahn stoße ich die Tür auf, stürme in den Saal ... und halte inne.

Nie wollte ich in so eine Situation kommen. Bei Ela habe ich mich noch köstlich amüsiert, als ich ihrem Messeauftritt als Michele beiwohnen durfte. Leider sehe ich unter den ganzen schicken Geschäftsleuten auch Rick sitzen. Ich bin mir verdammt sicher, dass er ihr die Story brühwarm auftischen wird.

Jetzt habe ich die Wahl. Wird es eine Geschichte über die durchgedrehte Doris, die im mexikanischen Kostüm in eine Geschäftsbesprechung gestürzt ist, um diese dann peinlich berührt wieder zu verlassen? Oder wird es die unvergessliche Erzählung über eine völlig durchgeknallte Doris, die die versammelte Geschäftswelt mit einem Auftritt als betörende Tänzerin verzaubert hat?

Welch große Auswahl. Wenn schon durchgeknallt, dann nehme ich doch gleich die ›Vollversion‹.

Deshalb stelle ich mich augenblicklich in eine angemessene Tanzposition. Bisher habe ich Serge noch nicht erspäht.

Ob er überhaupt da ist?

Rick wendet sich mir zu. »Zum Tanzwettbewerb geht es aber in die andere Richtung.«

Einige seiner Sitznachbarn lachen auf.

»Die ist wohl aus der Reihe getanzt«, meint ein anderer und es gibt noch mehr Gelächter.

»Mon chou?«, höre ich eine bekannte Stimme.

Verstört schiele ich zu Serge, der sehr weit vorn in der Nähe des Rednerpultes sitzt und mich erst jetzt erkannt hat.

Hinter mir wird die Tür aufgerissen.

Als ich mich kaum merklich umsehe, erkenne ich Boris, der immer noch sein Tanzoutfit trägt, das einem Torero nicht ganz unähnlich ist. Bewundernd bemerke ich, dass er nur kurz seinen Schritt verlangsamt, als er die Geschäftsmeute erblickt. Die Aufmerksamkeit aller ist sowieso schon auf mich gerichtet.

Boris nimmt meine Hand und nickt grüßend in die Runde, während er mich nach vorn zum Rednerpult weiterzieht, wo ein Mann steht. Wir kommen sehr nah an Serge vorbei.

Als dieser aufstehen will, deutet Boris auf ihn. »Dein Baby gehört zu mir, ist das klar?«, zischt er ihm zu, »wenigstens noch diesen einen Tanz.«

Serge setzt sich wieder und wirft mir einen intensiven Blick zu. Genau deuten kann ich den Blick nicht, aber er war alarmierend.

Mir wurde bei Boris' Worten ganz warm ums Herz. Nicht, weil er meint, ich würde für einen Tanz noch zu ihm gehören.

Nein, er hat soeben angedeutet, dass ich zu Serge gehöre.

Beim Redner angekommen, sehe ich, dass dieser immer noch die Fernbedienung für seine Powerpoint Präsentation in den Händen hält. Der irritierte Blick über seine Lesebrille lässt ihn wie einen zerstreuten Professor aussehen.

Boris zieht mich immer weiter.

»Ich darf doch«, bestätigt er sich selbst und zieht den USB-Stick des Redners aus dem Laptop. Sofort hat er seinen mitgebrachten Stick montiert und die Dateien aufgerufen.

Mir schwant, was er vorhat.

Als er alles vorbereitet hat, geht er hinter das Rednerpult zum Mikrofon.

»Mein Name ist Boris. Heute Abend habe ich mit Doris an einem Tanzwettbewerb teilgenommen. Mit dem Preisgeld, falls wir denn gewinnen, würde ich gerne meine Tanzschule finanzieren. Aber falls das nicht klappt – vielleicht befindet sich ja unter den anwesenden Herrschaften jemand, der dazu bereit wäre, mir eine Weile finanziell unter die Arme zu greifen. In meiner Tanzschule will ich ein breites Spektrum verschiedener Tanzmethoden lehren. Und dass es sogar für Anfänger möglich ist, in kurzer Zeit beachtliche Fortschritte zu machen, verdeutliche ich am Beispiel meiner, manchmal widerspenstigen, aber dennoch liebsten Schülerin … Doris.«

Nur weil einige der Leute im unfreiwilligen Publikum lachen, unterdrücke ich einen lauten Fluch.

»Bereit«, raunt Boris mir zu.

Ich hauche ein leichtes »Nein« zurück.

Und da sehe ich sie.

Eine Frau in einem eleganten graublauen Kostüm. Sie hat den Raum eben betreten und bewegt sich geschmeidig entlang der Tische. Ihr Ziel habe ich bereits gerochen, bevor sie es selbst wusste. Als sie Serge erreicht, legt sie ihm eine Hand auf die Schulter und flüstert ihm etwas ins Ohr. Er lässt sich kurz ablenken, nickt ihr zu, dann trifft sein Blick wieder mich.

Automatisch muss ich hart schlucken. Da fällt mir auf, dass fast alle Anwesenden zu Boris und mir sehen und ich frage mich, wie ich hierhergekommen bin.

Die elegante Frau setzt sich neben Serge auf den freien Stuhl und scheint erst jetzt zu bemerken, dass hier eine kleine Vorstellung geplant ist.

Da geht die Musik los.

Kurz schließe ich die Augen und schnaufe tief durch. Das ist endlich der Tango, den wir eigentlich hatten tanzen wollen. Und weil diese hübsche Frau so nahe an Serge sitzt, bin ich gewillt alles zu geben, um ihm gehörig einzuheizen. Ganz klar, wie ich das zu tun gedenke. Ich werde hier einen so heißen Tanz mit Boris hinlegen, dass nicht nur mir dabei warm werden wird. Der Tango Santa Maria ist dafür bestens geeignet.

Da ist Boris schon bei mir. Weil ich mich nicht ablenken lassen will, schließe ich die Augen und lasse mich voll und ganz auf ihn und die Musik ein.

So nah haben wir niemals getanzt, nicht einmal bei den Proben, als Boris mich geschimpft hat, ich würde künstlich den Abstand zu ihm aufrechterhalten. Da bin ich ihm dann natürlich mit Absicht so richtig auf die Pelle gerückt. Aber jetzt … ich sag nur wow. Wir kleben förmlich aneinander, immer wieder. Wenn ich mal kurz einen Blick riskiere, dann nur, um einen feurigen Blick seinerseits wahrzunehmen.

Keine Frage, er genießt den Tanz genauso wie ich und scheint unser Publikum vergessen zu haben. Die Zusammenarbeit klappt völlig reibungslos, als wären wir eine Person. Es macht unglaublich Spaß, die geschmeidigen Bewegungen mit den manchmal ruckartigen abzuwechseln.

Den Beifall nehme ich gar nicht richtig war, so euphorisch fühle ich mich, als die Musik zu Ende ist. Undeutlich merke ich, wie Boris mich an der Hand mit zum Laptop zieht, um seinen Stick wieder an sich zu nehmen. Kurz sagt er ins Mikro allen vielen Dank und bringt mich aus dem Saal.

Im Vorbeilaufen erhasche ich einen Blick auf Serge. Sein Gesichtsausdruck lässt mir die Knie weich werden. Er ist stolz auf mich. Und da ist noch etwas anderes.

Erst als wir den Raum und das Gebäude verlassen haben, zerre ich an Boris' Hand.

»Halt …, was ist jetzt mit Serge?«, frage ich und bin vom Tanz und dem Rennen völlig außer Atem.

Boris lächelt mich an. Dann blickt er über meine Schultern und ich drehe mich neugierig um.

Serge hat soeben hinter uns das Gebäude verlassen. Als er uns in einiger Entfernung stehen sieht, verlangsamt sich sein Schritt. Beinahe zögerlich legt er den Kopf schief, als wolle er unsere Situation erst richtig einschätzen, bevor er zu uns kommt.

Boris nimmt mich kurzerhand fest in die Arme und drückt mir einen herzhaften Kuss auf die Wange.

»Danke, Doris. Egal, wie die Jury uns bewertet. Ich gebe uns eine Eins mit Stern.«

Ohne, dass ich es will, füllen sich meine Augen mit Tränen, weil ich ihm eine Hilfe sein konnte, obwohl ich es nie für möglich gehalten hätte. Außerdem wird mir in diesem Moment sehr bewusst, dass unsere täglichen Trainingseinheiten beendet sind. Unser Ziel, die Teilnahme an dem Wettbewerb, ist erreicht.

Entschlossen löst sich Boris von mir. Obwohl ich ihn nicht freigeben will, macht er eine nickende Geste hinter mich.

»Geh schon und sag ihm, dass du ihn liebst, bevor er kehrtmacht.«

Wieder blicke ich mich kurz um.

Serge steht immer noch am Eingang des Gebäudes und scheint sich wirklich nicht entscheiden zu können, ob er zu uns oder doch lieber zurückgehen sollte.

»Danke … für alles«, flüstere ich Boris lächelnd zu und ergreife noch einmal kurz seine Hand, um ihn dann freizugeben.

Er geht zurück in Richtung Theater, weil er bestimmt noch auf die Entscheidung der Jury warten will.

Ich sehe ihm noch eine Weile nach.

Bis ich mich endlich zum Eingang des Gebäudes umdrehe, ist Serge tatsächlich schon dabei, in das Gebäude zurückzugehen.

»Serge!«

Er bleibt sofort stehen.

Eilig springe ich die Stufen zur Eingangstür hinauf, während er mir ein paar Schritte entgegengeht.

Mit Schwung laufe ich ihm einfach in die Arme und bin sehr froh, dass er mich mit ebenso offenen Armen empfängt.

Sehr lange stehen wir einfach nur da und drücken uns. Irgendwie traue ich mich gar nicht mehr, meine Augen zu öffnen. Ich will ewig hier stehen und mich an ihn drücken.

»Wer ist die Frau?«, frage ich plötzlich und könnte mich sofort für diese Neugier schlagen. Da sehe ich diesen Mann wochenlang nicht und dann fällt mir nichts Besseres ein, als ihn das zu fragen. Aber schließlich musste ich mich kurz vor dem Tango echt beherrschen, nicht vom ›lächelnden Baum‹ zur ›peitschenden Weide‹ zu mutieren.

Weil ich Serge leise lachen höre, kommt mir meine Frage noch dämlicher vor. Aber eine geflüsterte Antwort bekomme ich trotzdem.

»Baptiste hat Urlaub und Danielle vertritt ihn so lang.«

»Ach so«, seufze ich erleichtert und drücke ihn gleich noch fester, »hoffentlich dauert sein Urlaub nicht zu lang.«

Seine Armbewegungen geben mir zu verstehen, dass er mich ansehen will. Er schiebt mich von sich und automatisch blicke ich in sein Gesicht, das mich ernst und dennoch liebevoll betrachtet.

»Du hast wundervoll getanzt, mon chou. Aber ich muss dich doch bitten, in Zukunft keinen Tango mehr mit anderen Männern zu tanzen.«

Sein Lächeln erreicht seine Augen und die kleinen Lachfältchen zeigen sich.

Die Tränen, die sich vorhin schon in meinen Augen angesammelt haben, laufen unverhofft über und Serge verstreicht sie sofort mit seinen Daumen.

»Na na …«, bemerkt er milde.

Wahnsinn! Wie verrückt ich diesen Mann doch liebe. Dennoch, er hat dafür gesorgt, dass ich arbeitslos geworden bin.

Während wir ganz nah beieinanderstehen, Serge immer noch mit den Daumen über meine Wangen streicht und dabei mein Gesicht hält, traue ich mich zu fragen. »Warum hast du dafür gesorgt, dass ich keine Hostess mehr sein kann?«

Eine Weile betrachtet er mich ausgiebig und scheint intensiv über seine Antwort nachzudenken.

»Das war keine spontane Entscheidung. Nach reiflicher Überlegung bin ich zu dem Entschluss gekommen, dich in die richtige Richtung zu stupsen. Bevor du mich jetzt allerdings zerfleischst, möchte ich betonen, dass es mir die ganze Zeit nur um dein Wohl ging. Zuerst dachte ich, ich gebe dich frei und buche dich einfach nicht mehr. Aber dann dachte ich, ich bin ja nicht der einzige Kunde, den du hast, nicht wahr, mon chou?«

Auf was läuft das hier hinaus?

Mir stockt der Atem und Gott sei Dank entschließt sich Serge weiterzureden.

»Bei diesen Überlegungen ist mir bewusst geworden, dass es nicht reicht, wenn du nicht mehr als Hostess für mich arbeitest. Es reichte mir nicht. Ich wollte nicht, dass du überhaupt für Geld von Männern als Begleitung gebucht wirst. Du solltest vollkommen frei sein. Und dann …«

Er schluckt kräftig und scheint sich zum Sprechen zwingen zu müssen.

»… als ich dich … befreit hatte, da wurde mir klar, dass …«

O mein Gott! Er kann nicht sagen, was auch immer er hatte sagen wollen.

Aber sein liebevoller Gesichtsausdruck drückt alles aus, was ich wissen muss. Es ist, als würde ich in einen Spiegel sehen.

Kann das denn die Möglichkeit sein? Serge hat sich verliebt, in mich?

»Mein Herz tanzt, wenn ich an dich denke, mon chou«, raunt Serge und schließt die Augen, um mich mit seiner Nase anzustupsen. Dann lächelt er mich glücklich an.

»Ja, meines auch. Und jetzt küss mich endlich.«
Das lässt er sich nicht zweimal sagen.

FINE

PS: Boris hat den Preis gewonnen und kann sich den
Traum von der Tanzschule erfüllen.

Was der Blackout vergessen ließ

Es ist schon viel Zeit vergangen, seit ich mit Serge den Club betreten habe. Mein Geist wird bereits von dichtem Nebel eingehüllt und ich fühle mich mollig warm darin. Meine Glieder, darunter vor allem meine Zunge, sind schwer geworden. Sogar mein Gehör leidet unter dem vielen Alkohol. Ich nehme die Musik nur noch ganz dumpf war.

»Weischt du, Sersch. Mein gaaaanzes Lebm hab ich miar igendwie andersch vorgestellt. So heiraten und so. Und viele, viele Kinder wollt ich imma haben … ja Kinda.«

Serge reagiert erst einmal nicht auf mich, sondern schenkt mir nach. Wir trinken Schnaps. Soweit ich das beurteilen kann, wirkt Serge genauso ruhig und gefasst wie immer.

Bestimmt hat er nicht so viel getrunken wie ich. Aber macht ja nichts. Dann bleibt mehr für mich. Hi hi.

»Prost«, brülle ich in die Richtung, in der ich Serge vermute, und hebe mein Glas an.

»Ja, Prost«, antwortet Serge. Aber als er nicht mit mir anstößt, leere ich einfach mein Glas.

»Wie alt bist du, Doris?«

Lachend stelle ich mein Glas laut auf den Tisch und schlage Serge zu fest auf den Oberschenkel. Dann drehe ich meinen erhobenen Zeigefinger vor seinem Gesicht herum.

»Sersch, du Schlingel. Das fragt man doch eine Dame nicht. Das müsstest du eigentlich wissen, so als gut erzogener Franzose.«

»Wie alt, Doris?«

»Neunundzwanzig«, schießt aus mir heraus, als hätte jemand einen Schuss abgegeben.

Da sehe ich Serge lachend den Kopf schütteln und sitze sofort kerzengerade da.

»Wasch lachst du da? Das ist alt – uuuuuuralt.«

Weil ich mich zu weit zu ihm beuge und mein Gleichgewicht der Schwerkraft nachzugeben droht, richtet mich Serge mit einem festen Handgriff wieder auf.

»Du kannst noch jede Menge Kinder bekommen. Wirst schon sehen.«

Seine Worte rühren mich so an, dass ich nicht mehr an mich halten kann.

»Ich liebe disch, Sersch. Du bist das Beschte, wasch mir jeeee bassiert ist.«

Serge lacht laut auf und winkt ab. Es scheint ihm peinlich zu sein, hier mit mir zu sitzen.

»Das ist die gaaaanze Wahrheit. Schau, du sitzt hier mit mia und lässt mich trinken. Isch liebe disch. Aber du wirscht mich nie lieben, nicht wahr? Ich kann keine Kinda habm, das hab' ich amtlich.«

»Du weißt nicht, was du sprichst, mon chou. Vielleicht sollten wir gehen.«

»Ja«, brülle ich und stehe auf, »wir gehen jetzt ins

Hotel und da kannst du mich dann so richtig durchf...«

Serge unterbricht meinen Redefluss, indem er ebenfalls aufsteht und mir einfach seine Hand auf den Mund drückt. Damit wurde das F-Wort im Keim erstickt.

»Ja, wir fahren ins Hotel und du wirst schlafen wie ein Stein«, knurrt er in mein Ohr.

»Dasch ist mein Mann!«

Freudig deute ich auf Serge, der mich einfach packt und mit sich zieht.

Mit seiner groben Art kann ich nicht umgehen. Lasch ziehe ich meinen Arm von ihm weg, um ihm um den Hals zu fallen und eine spitze Kussschnute zu machen.

Sein Blick verändert sich von gestresst zu milde. Das kleine Lächeln, das um seinen Mund zuckt, nehme ich kaum wahr, so muss ich mich konzentrieren, diesen Kussmund in seine Richtung zu strecken und ihn damit anzupeilen.

»Küss mich doch, Sersch, ich lieb dich doch soooo«, flehe ich, weil er mich nicht küsst.

Schwankend nähere ich mich ihm wieder, und er geht auf Abstand. Er schiebt mich in Richtung Ausgang und legt seinen Arm um mich.

»Mon chou, ich liebe dich auch. Jetzt wird es aber höchste Zeit, dass du ins Bett kommst.«

»Mein Mann, Leute!«, brülle ich erneut. »Habt ihr es gehört? Wehe dem, der Hand an ihn legt. Der bekommt es mit mia zu tun.«

Draußen habe ich plötzlich überhaupt keine Lust

mehr, irgendwo hinzufahren. Nachdem ich mich von Serge befreit habe, breite ich meine Arme aus und starre in den Nachthimmel.

»Ach, dasch is sooooo schööööön hier, Sersch. Lasch uns doch laufn.«

»Das ist keine gute Idee«, sagt Serge leise hinter mir.

Einige Passanten sind schon auf mich aufmerksam geworden. »Guck mal die an!«

Breit grinsend winke ich in alle möglichen Richtungen und der Boden unter meinen Füßen schwankt bedrohlich. Da breite ich meine Arme erneut aus und beginne zu singen:

»I believe I can fly …«

Danksagung

Vielen Dank! Ja, du bist gemeint. Du bist der liebe Leser oder die liebe Leserin und hältst mein Buch in deinen Händen. Ohne dich könnte ich mich kaum als Autorin bezeichnen. Natürlich würde ich wahrscheinlich trotzdem meine Geschichten schreiben, aber würde ich sie auch veröffentlichen, wenn kaum jemand sie lesen würde? Wahrscheinlich nicht. Deshalb bin ich sehr froh, dass es dich gibt. Vielleicht hast du ja Lust, meine Facebook-Seite mit Leben zu füllen und mit Rezensionen meine Arbeit zu bewerten.

Eines muss ich aber nochmal ganz deutlich sagen: ohne Unterstützung könnte ich niemals als Autorin tätig sein. Max Hänecke von BoD (Books on Demand) hat in diesem Zusammenhang den passenden Vergleich gefunden. All das, was jenseits der Spitze eines Eisberges nicht zu sehen ist, existiert natürlich trotzdem und ist elementar wichtig.

Nach wie vor macht Jürgen einen großen Teil dieses Eisberges aus. Danke dafür. Deine Eigeninitiative und dein Blick von außen sind sehr wertvoll für mich und durch nichts zu ersetzen.

Ganz unauffällig und im Hintergrund fühle ich mich von vielen Menschen getragen, die sich der Unterstützung gar nicht immer bewusst sind. Aber allein die Tatsache, dass ihr mir euer Wohlwollen vermittelt, gibt mir regelmäßig Motivationsschübe.

Katjana, ja, dich meine ich auch. Du hast mir schon des Öfteren bei kleineren und größeren Fragen geholfen. Nun wünsche ich dir bei deinem eigenen Buchprojekt alles Gute und viel Erfolg.

Meine lieben Kollegen aus meinem »richtigen« Berufsleben geben mir durch ihre Begeisterung immer wieder den Anreiz weiterzuschreiben. Ihr seid die besten Kollegen, die man sich wünschen kann. Die lieben Autorenkollegen, die mir bei Fragen freundlich Auskunft geben, möchte ich aber auch nicht vergessen.

Und natürlich ist da meine Familie. Ohne euch wollte ich niemals Pea sein.

Last but not least danke ich den Menschen, die mir geholfen haben, als mir das Projekt unerwartet graue Haare beschert hat. Diese Menschen sind Dorothea Kenneweg (meine Feuerwehr), Carina und Stefanie (meine Probeleserinnen) und natürlich Jürgen, der genau immer dann noch genügend Energie hatte, wenn sie mir schon ausgegangen war.

Ich denke, das Durchhalten hat sich gelohnt.

Mit fröhlichen Grüßen
Pea Jung

Bist du bereit für mehr?
Hier findest du mich und meine Werke:

info@peajung.de
www.peajung.de
www.facebook.com/PeaJungAutor
www.youtube.com/PeaJungAutor

Kapitel 1

Ahhhh«, schreit mir meine Nachbarin Doris entgegen, als ich ihr die Tür meiner kleinen Wohnung öffne. Hektisch betritt sie die Wohnung, indem sie sich, wild mit den Armen fuchtelnd, den nötigen Platz verschafft. Ich schließe meine Tür und verschränke erwartungsvoll die Arme.

»Sieh's dir an, Ela. Eine Katastrophe!«, schimpft sie verzweifelt und dreht sich zu mir um.

»Was denn?«, frage ich, weil ich ihr Problem nicht auf Anhieb erkenne. Sie kommt ganz nah an mich heran und deutet auf ihre Lippe.

Ihre Oberlippe ist auf einer Seite dick geschwollen. »Oh! Warst du beim Einspritzen?«, frage ich unbedarft, da ich weiß, dass sie ihr Geld gerne in kleinere Schönheitsmaßnahmen umsetzt.

»Nein«, kreischt sie entnervt, »das ist ein Herpes und oberhalb meiner Lippe bilden sich im Moment noch mehr Bläschen.«

»Das geht doch wieder weg. Du solltest dir die andere Seite der Lippe einspritzen lassen, dann sieht's wieder gleich aus.«

»Lach du nur. Ich hab heute Abend einen Job, noch dazu bei einem Erstkunden«, schluchzt Doris und klingt ehrlich verzweifelt.

»Mit viel Schminke fällt das doch überhaupt nicht auf.«

»Doch. Außerdem, was mach ich, wenn er mich küssen will?«, fragt Doris mehr sich selbst und lässt sich auf meine Couch plumpsen. Ich setze mich neben sie.

»Ich dachte, du hast keine körperlichen Kontakte zu deinen Kunden?«

»Nicht einmal einen Kuss auf die Wange kann ich ihm geben. Und außerdem, wenn er gut aussieht, dann hab ich ja gar nichts gegen weitere körperliche Kontakte.«

Doris hätte diesen Job nicht nötig. So gut wie sie aussieht, könnte sie jede Menge Männer haben. Aber sie scheint mit sehr wenig Aufwand viel Geld zu verdienen, wie sie immer wieder betont. Außerdem, sagt sie, lernt sie viele interessante Männer mit gepflegtem Äußerem und guten Manieren kennen. Wie ich zugeben muss, genau das Gegenteil von der Sorte Mann, mit der ich bisher das Vergnügen hatte. Doris ist Hostess. Sie arbeitet in einer der wenigen seriösen Agenturen der Stadt, jedenfalls behauptet sie das. Sie geht mit den Kunden gemeinsam aus oder zu offiziellen Anlässen. Eine Zeitlang war sie die Begleitung für einen schwulen Mann, der oft in der Öffentlichkeit steht und mit ihrer Hilfe seine Homosexualität vertuscht hat.

Wieder schaue ich sie mir genauer an. Ich kann das Herpes nicht schönreden. Es sieht echt übel aus. Deshalb schlage ich vor, dass sie den Termin absagt.

»Damit eine der anderen meinen Auftrag bekommt? Nie im Leben!«

Wir sitzen eine ganze Weile schweigend nebeneinander und grübeln. Irgendwann seufze ich: »Ich würde dir ja gerne helfen, aber mir fällt auch nichts ein.«

Auf einmal beginnt Doris glückselig zu lächeln und schaut mich strahlend an. »Du gehst für mich zu dem Termin.«

Ich stehe abrupt auf und schnauze sie an: »Ja genau. Ganz tolle Idee!« Dann gieße ich mir ein Glas Wasser ein.

»Warum denn nicht, Raffaela?«

Wütend drehe ich mich um. »Sag mal, spinnst du? Ich kann so etwas nicht. Ich mache so etwas nicht.«

»Ich bin keine Nutte, Ela«, sagt Doris mit drohendem Unterton und steht ebenfalls auf. »Bitte, du musst nur mit dem Kunden zum Essen gehen. Er hat in einem Fünf-Sterne-Hotel reserviert. Du quatschst eine Weile gepflegt mit ihm und dann seilst du dich ab.«

Ich lache, weil mir ihre Idee so absurd erscheint. »Es gibt da ein paar Schlagwörter in deinem Text, die nicht zu mir passen: Fünf-Sterne-Hotel, gepflegte Unterhaltung.«

»Mach dich nicht dümmer, als du bist! Komm schon. Ich übernehme auch den Treppendienst für dich.«

Ich hasse den Treppenputzdienst und sie weiß das nur zu genau. Ich zögere, warum auch immer. Aber ich merke, wie ich zögere, und Doris bemerkt das auch. Sie redet weiter auf mich ein. »Du kannst auch das Geld haben. 230 Euro – pro Stunde!«

Ich verschlucke mich an dem Wasser, das ich gerade trinke. Doris lächelt siegessicher. Nachdem ich mich beruhigt habe, hake ich nach. »Wirklich?«

»Wirklich!«

Sie hat mich an der Angel. »Ich muss nur mit dem

Kerl gemeinsam essen?« Doris nickt. »Ich weiß nicht. Ich kann das nicht.«

Da spielt sie ihr Ass aus. »Ich kann eigentlich nicht mit Kindern umgehen und trotzdem habe ich es gemacht. Schon vergessen, Ela?«, säuselt sie und damit holt sie die Angel ein.

Sie hat mir einmal aus der Patsche geholfen, als ich erkrankt war und meinen Nebenjob als Babysitterin nicht wahrnehmen konnte. Als sie nach Hause kam, sah sie damals wirklich sehr erschöpft und müde aus. Sie hatte den ganzen Nachmittag mit den Kindern Brettspiele gespielt, obwohl sie das hasst.

»Also gut.« Ich schnaufe tief durch und kann es selbst nicht glauben, was ich da sage.

»Wunderbar! Komm in zwei Stunden zu mir in die Wohnung, dann bekommst du alles, was du brauchst.«

Nachdem sich der erste Schock über meine Zusage gelegt hat, gehe ich ausgiebig duschen. Meine kleine Einzimmerwohnung hat kein eigenes Bad. Ich teile mir das Etagenklo mit drei anderen Hausbewohnern. Alle sind Studenten wie ich. Doris studiert Psychologie, während ich mich für Wirtschaftswissenschaften entschieden habe. Keine Ahnung, warum. Ich bin da eigentlich alles andere als richtig aufgehoben, vor allem, weil es in den ersten Semestern hauptsächlich um Mathematik ging. So ähnlich muss sich Joschka Fischer gefühlt haben, als er in den Bundestag eingezogen ist: Ich passe eigentlich überhaupt nicht zu den typischen Wiwi-Studenten. Aber egal. Und heute tu ich auch etwas, was überhaupt nicht mein Fall ist.

Liebe & Erotik

Pea Jung
Die falsche Hostess
192 Seiten
Taschenbuch/eBook
ISBN: 978-3-7357-4200-1

Humorvolle Liebesgeschichte mit Prickelnder Erotik

Was passiert, wenn die eigene Nachbarin unverhofft ein Herpes bekommt? Kein Problem?
Nicht für Raffaela. Sie darf ihre Nachbarin in deren Job als Hostess vertreten und lernt dabei den smarten Rick kennen. Zwischen den beiden sprühen sofort leidenschaftliche Funken, die sich in Form eines One-Night-Stands entladen.
Ebenfalls kein Problem? Weit gefehlt. Schließlich war Raffaela offiziell als ihre Nachbarin unterwegs, was zu weiteren Verwicklungen führt. Und sie sieht Rick schneller wieder als erwartet.

Übersinnlich verliebt

Pea Jung
CLARA (Band I)
Die geheime Gabe
448 Seiten
Taschenbuch/eBook
ISBN: 978-3-7386-0311-8

Pea Jung
CLARA (Band II)
Die Rückkehr
452 Seiten
Taschenbuch/eBook
ISBN: 978-3-7347-5724-2

Bist du bereit?
Bereit für ein Geheimnis, das du
mit niemandem teilen darfst?
Öffne das Buch, begleite Clara auf ihrer
turbulenten Abenteuerreise in
ein neues L(i)eben, und du findest dich
auf der Liste der Eingeweihten.
Welches Pfand würdest du für
dein Schweigen in die Waagschale werfen?

Daydreams into stories

Übersinnlich verliebt

Pea Jung
CLARA (Band III)
Finstere Vergangenheit
ca. 400 Seiten
Taschenbuch/eBook
erscheint 2015

Pea Jung
CLARA (Band IV)
Sturm auf Zeit

Taschenbuch/eBook
erscheint 2016

Clara erscheint als Taschenbuch/
eBook und wird 4 Bände umfassen.
Clara ist ein echter Hingucker –
auch im heimischen Bücherregal!

Daydreams into stories

Fantasy-Romance	Liebe & Erotik

Pea Jung	Pea Jung
Die Wunschblase	**Die Putzstelle**
212 Seiten	248 Seiten
Taschenbuch/eBook	Taschenbuch/eBook
ISBN: 978-3-7357-6115-6	ISBN: 978-3-7357-3940-7

Der sechsjährige Ben hat einen ganz besonderen Herzenswunsch: Er möchte seinen Papa Frank wieder glücklich sehen. Ganz klar: Der Papa braucht eine neue Frau. Und Ben eine neue Mama. Ben ahnt nicht, dass er mit seinem geheimen Wunsch außergewöhnliche Mächte in Gang setzt. Carolyn, ein weiblicher Dschinn, bekommt einen Auftrag …

Die Kellnerin Josefine kehrt unter einem Tisch ein paar Scherben zusammen. Eine ganz gewöhnliche Tätigkeit für eine Kellnerin? Weit gefehlt. Schließlich starrt ihr dabei spontan ein mysteriöser Unbekannter auf den Hintern und bezahlt sie auch noch dafür. Schon nach kurzer Zeit flattert ein unerwartetes Jobangebot ins Haus …

Bolz und Vorurteil

Pea Jung
**Superheld fürs Leben
gesucht**
212 Seiten
Taschenbuch/eBook
ISBN: 978-3-7347-6000-6

**Eine Frau mit einer unvergesslichen Stimme, ein Russe
mit dem gewissen Extra und ein bayrisches Dorf außer
Rand und Band**

Was passiert, wenn dein 11-jähriger Sohn Jonas einen wild-
fremden Russen in dein Haus einlädt? Und was passiert,
wenn der diese Einladung auch noch annimmt? Die junge
Mutter Jennifer traut ihren Augen kaum, als der bärtige
Russe plötzlich in ihrem Garten steht. So ein Kerl hatte ihr
gerade noch gefehlt. Schließlich hat sie als alleinerziehende,
berufstätige Mutter und Trainerin der örtlichen Fußball-
Jugend mehr als genug zu tun. Aber Jennifer merkt schnell,
dass sie es mit ihrer abweisenden, burschikosen Art nicht
schafft, den Russen auf Distanz zu halten.

Daydreams into stories